LA FIANCÉE
et
autres nouvelles

TCHÉKHOV

LA FIANCÉE
ET
AUTRES NOUVELLES

Traduction
de
Génia CANAC

Présentation
par
Wladimir TROUBETZKOY

GF Flammarion

INTRODUCTION

LE CABINET
DU DOCTEUR TCHÉKHOV

Les quatre récits que nous présentons, *Une rencontre*, *Les Feux*, *Chez des amis*, *La Fiancée*, ne sont pas les plus connus de Tchékhov et, pour chacun d'entre eux, il avoue s'être « ennuyé » à l'écrire, n'avoir pu éviter de « philosopher[1] ».

Il faut reconnaître, en effet, qu'*Une rencontre*, tout en polémiquant avec la doctrine de la non-résistance au mal par la violence de Léon Tolstoï, reste ambiguë comme une hésitation ou un regret, ce qui est rare chez Tchékhov. Les trois autres récits ne sont pas exempts non plus de ces « idées générales » (*obščie idei*), de ces « vérités de spécialistes » (*special'nye istiny*) dont Tchékhov disait que l'artiste devait se garder comme de la peste, et l'on

---

1. C'est le cas, par exemple, d'*Une rencontre* (1887), des *Feux* (1888), « roman » dont Tchékhov écrivait, dans une lettre du 18 avril 1888 :

« Je termine une petite nouvelle extrêmement ennuyeuse. J'ai voulu faire un peu de philosophie et il n'en est sorti que de la cellophane au vinaigre. »

Nous renvoyons, pour le texte russe, à l'édition canonique :

ČEXOV, A. P., *Polnoe sobranie sočinenij v 30-ti tomax. Sočineni-ja v 18-ti tomax. Pis'ma v 12-ti tomax*, Moskva, 1974-1983. *PSS-30*.

Vstreča t. 6, s. 117-129.
Ogni t. 7, s. 105-140.
U znakomyx t. 10, s. 7-29.
Nevesta t. 10, s. 202-220.

sent que l'auteur perce avec insistance derrière ses
porte-parole autorisés, Ananiev dans *Les Feux*, et
Sacha de *La Fiancée*.

Des nouvelles expérimentales

Cependant, avec ces nouvelles, qui sont comme
des fenêtres sur le Tchékhov que nous avons
perdu, celui qu'il aurait été s'il avait vécu au-delà de
1904, nous pénétrons mieux armés dans le cabinet
de l'écrivain, dans ce cabinet où le Docteur Tchékhov médite ses analyses de la vie et pose ses diagnostics[1]. *La Fiancée*, qui est la dernière nouvelle de
l'écrivain, publiée en 1903, et, providentiellement,
la seule des œuvres tchékhoviennes dont nous
ayons à peu près tous les brouillons, toutes les
variantes, toutes les corrections sur épreuves, ouvre
en effet directement sur les thèmes de *La Cerisaie*,
le chef-d'œuvre dernier joué à Moscou au Théâtre
d'Art de Stanislavski, six mois avant la mort de
Tchékhov en juillet 1904. *Chez des amis*, qui date
de 1898, est encore plus proche de la cerisaie
secrète de Tchékhov[2], mais ces nouvelles

---

1. Tchékhov était médecin de formation. C'est pour payer
ses études, et pour aider ses parents, qu'il commença à publier
des récits humoristiques dans la petite presse. La meilleure
biographie de Tchékhov est celle de Ronald Hingley, *A New
Life of Chekhov*, London, 1976, édition révisée et complétée à
partir de celle de 1950.

2. *La Cerisaie* (*Višnevyj sad*), la dernière pièce de Tchékhov,
est née d'une blanche vision, à Yalta, en février 1903, du froid
glacial de l'hiver. Il faisait 11° dans la chambre de Tchékhov, et,
de la neige, s'élève pour le condamné une scène d'une blan-
cheur chaleureuse sur le fond de laquelle apparaissent des
femmes en blanc avec des ombrelles blanches. C'est de ce rêve
de beauté et de féminité que sont nés les cerisiers en fleur de *La
Cerisaie* et tous les personnages qui l'habitent.

Giorgio Strehler, en 1974, a réalisé une merveilleuse mise en
scène de la pièce : à travers un tulle blanc léger, avec feuilles de
cerisier, les personnages, tout en blanc, tracent l'arabesque de
leur existence (STREHLER, Giorgio, « La Cerisaie : une enquête
sur le temps », *Théâtre en Europe*, n° 2, avril 1984, pp. 40-49).

conduisent toutes les quatre vers le dernier Tchékhov.

Nos quatre récits couvrent le deuxième décours
de l'œuvre. 1887, l'année de la *Rencontre*, correspond à une rencontre capitale, celle de « Tchékhonté », l'amuseur de « la presse à un sou » du
Budil'nik (*Le Réveille-matin*), de *Strekoza* (*La Libel-
lule*), d'*Oskolki* (*Les Éclats*), avec la vraie littérature,
les « grosses revues » ; celui qui signe désormais
« Anton Tchékhov », et que bientôt Tolstoï, « le
grand écrivain de la terre russe », va recevoir en égal
à « Iasnaïa Poliana », vient s'asseoir modestement
au rang des plus grands.

Au même moment, Tchékhov passe de la nouvelle classique, à la nouvelle moderne, qui, au tournant du siècle européen[1], avec Joyce, Schnitzler,
Pirandello, subvertit et renouvelle le modèle classique tel qu'il est encore représenté, en France, par
Guy de Maupassant : dès *Une rencontre*, en 1887,
et, plus évidemment, *La Fiancée* en 1903, ce qui
compte n'est plus l'anecdote, ce qui se passe, ce
que l'on attend qu'il se passe, mais ce qui ne se
passe *pas* ; on ne se marie pas, on ne s'aime pas
chez Tchékhov.

Trois femmes, trois générations sont, dans *La
Fiancée*, une variante de cette même mystérieuse
trinité féminine qui semble être, en Russie, la for-
mule choisie pour mettre en scène la destinée des
femmes : Nadia rompt la chaîne de ces destins,
dont sa mère et sa grand-mère sont des exemples
achevés, mais elle « revient », pour quoi faire ?
Autre Nadéjda, autre « Espérance », c'est le sens de
ce nom en russe, celle de *Chez des amis*, qui ne se
marie pas, elle non plus, malgré ses désirs éperdus :
dans les deux cas, pour les deux « Espérance », rien
n'est dit à l'avance. Seront-elles sauvées ? Le temps

1. Voir la bibliographie : F. GOYET 1989, 1991 a et 1991 b,
1993.

des sauveurs est passé. Micha Podgorine, tenté un
moment, retire la main qu'il pouvait tendre : ce qui
attend la jeune Nadéjda, inutilement charmante,
vainement féerique sous la lune dans la campagne
embaumée, inutilement poétique dans un monde
devenu gris, dans un monde où « il n'y a personne », c'est le déclassement, l'errance, l'usure,
promis, déjà, dans *Les Trois Sœurs*, à Irina, la plus
jeune, la plus séduisante. La « fiancée », elle, se
réfugie dans les études, mais les études pour quoi
faire ? Ce qui guette cette jeune femme épinglée par
les gamins dans sa figure absurde de fiancée qui
n'en a pas été une, on le devine, ce pourrait être le
sort de « Va », la Varia de *Chez des amis*, ou la Varia
de *La Cerisaie*, vieillir, femme de charge, médecin
d'usine ou institutrice surmenée comme Olga,
l'aînée des trois sœurs, corsetée dans son obstina-
tion, grisonnante, stérile, sentimentale et mystique.

Poser correctement la question

C'est que personne n'a, une fois pour toutes,
trouvé la voie ; tous se trompent sur eux-mêmes,
sur la vie. Le Docteur Tchékhov est bien cruel, qui
nous montre, dans la *camera oscura* de son cabinet
d'examen, nos semblables, nos frères, nous-mêmes
— aucun malade ne saurait lui donner le change —
cultivant sciemment, c'est-à-dire sans excuse,
l'erreur sur soi, l'erreur sur le monde. Le cabinet du
Docteur Tchékhov est un théâtre de marionnettes,
où nous pouvons nous regarder jouer, fort mal,
notre propre rôle.

Y a-t-il pour autant une « ordonnance » du Docteur Tchékhov ? Lui qui voyait si bien, qui faisait si
bien voir, aurait dû être en mesure de prescrire le
remède, de nous apprendre, en nous expliquant
pourquoi nous vivons si mal, comment nous pour-
rions vivre mieux. Mais ce médecin n'a pas su se

soigner lui-même, qui s'est laissé mourir de tuberculose, alors qu'il passait son temps à soigner gratuitement les paysans de Mélikhovo. Il écrit de la
même plume qu'il faisait ses ordonnances, sachant
que les malades ne suivront pas ses prescriptions et
retomberont malades.

A son ami Souvorine qui lui reprochait de ne pas
prendre de parti clair dans son œuvre, de ne rien
proposer, Tchékhov répondait :

> « En exigeant de l'artiste un rapport conscient à son
> œuvre, vous avez raison, mais vous confondez deux
> notions : *résoudre la question* et *poser correctement la*
> *question,* seul la seconde est obligatoire pour l'artiste[1]. »

Pour ce médecin soucieux de diagnostic précis,
l'art et la littérature sont un espoir et une ardente
obligation. On ne peut rien affirmer sans rabaisser,
compromettre et embrouiller l'idée la plus généreuse, mais on peut faire que les hommes prennent
conscience de leur vision erronée du monde : le
moyen existe, c'est celui, médical, d'un art qui soit
de la plus grande exactitude concrète. Il n'y a pas
d'homme en général, d'homme qui « sonne fier »
(ou pas fier), pour reprendre la pièce *Les Bas-fonds*
de son ami Gorki (1902), il y a des hommes à
décrire, à examiner à part, en consultation privée.
La littérature devient ainsi le seul point de terre
ferme dans la Mer des Sargasses de notre vie courante et des mirages qui sont le tissu, le texte de nos
existences : l'art de Tchékhov est un art de la description de ce qui est, à l'exclusion de tous sables
célestes.

Tchékhov ne cultive pas l'impassibilité, comme
Flaubert ou Maupassant (auteurs auxquels on aime
à l'assimiler) ; il est un réaliste à sa façon. Il paraît
donc utile de s'intéresser à sa personnalité créatrice,
de présenter le personnage de Tchékhov sous un

---

1. ČEXOV, A.P., *PSS-30, Pis'ma-12*, t. 3, lettre du 27 octobre
1888 à A.S. Souvorine, s. 46.

jour qui paraîtra inattendu, mais, à notre avis, plus
véridique et plus fécond que l'on n'a coutume de
faire. Il faudra ensuite étudier la musicalité tchékhovienne, qui n'est pas une simple affaire de
lyrisme élégiaque ou nostalgique : la musique est,
nous le pensons, la clé de l'art tchékhovien.

Anton Pavlovitch Tchékhov (1860-1904)

Contrairement à la légende qui l'entoure et voile
son œuvre de mélancolie, Tchékhov n'était pas le
personnage timide, effacé, triste que l'on pourrait
s'imaginer à lire nombre de ses récits. Il se défendait d'être un pessimiste qui, désespérant de
l'humanité, en fustige avec complaisance les faiblesses et en moque les insuffisances. On l'a peint
souvent comme un homme revenu de tout, ne se
compromettant avec aucune croyance : tout juste
lui a-t-on prêté une sorte de religion laïque du
devoir, un stoïcisme agnostique et humaniste se
traduisant par une foule d'actions bienfaisantes et
civiques, d'autant plus méritantes qu'elles n'étaient
motivées par aucun amour particulier de l'humanité. Tchékhov, un homme sans prochain : tel
serait le secret, peu enviable, de notre écrivain.
Le critique Korneï Tchoukovski[1] en fait la
démonstration convaincante : Tchékhov était gai,
plein de vie, trop délicat et trop assoiffé de raffine-
ment, trop exigeant pour considérer la vie comme
un banquet où l'on se goinfre, mais si, par exemple,
il n'a jamais renoncé à la médecine, son « épouse
légitime », pour la littérature, sa « maîtresse », c'était
pour mener, si possible, deux vies à la fois. Son
dynamisme était extrême, cet auteur de récits

---

1. ČUKOVSKIJ, K., O Čexove, Moskva, 1967. On lira aussi
avec intérêt, en français, l'ouvrage de Roger Grenier (1993, voir
la bibliographie).

courts, mort à quarante-quatre ans, a pourtant écrit une œuvre considérable. Les auteurs, les acteurs, les personnalités diverses avec qui il était en relation constante sont innombrables. En 1890, il se rend, dans des conditions extrêmement difficiles — le Transsibérien ne sera construit que de 1891 à 1903 — dans l'île de Sakhaline, à plusieurs milliers de kilomètres, au bout du monde, pour y étudier la condition des bagnards.

La pošlost', *le comique*

Le personnage de Tchékhov et la vie qu'il a menée auraient pu faire l'objet d'un récit... de Tchékhov. Amant éperdu de la beauté de l'art et de la vie, de la vie comme œuvre à faire, de la vie comme œuvre d'art, Tchékhov a toujours été obsédé par le contraste entre les aspirations, voire les réussites, et la vulgarité de l'existence, ce qu'en russe on appelle *pošlost'*, mélange de banalité « bon marché », de médiocrité prétentieuse, de vulgarité, de grossièreté qui bafoue la croyance en ce qui est beau, bon et vrai. Un bon exemple serait *La Crise* (*Pripadok*) : l'étudiant que ses camarades emmènent de bordel en bordel, comme cela se faisait couramment dans la jeunesse, est surtout frappé par la médiocre et volontaire vulgarité du décor, des toilettes des dames, la *pošlost'* à laquelle, dans la rue sans joie, est systématiquement rabaissé l'amour, ce qu'il y a de plus beau dans l'existence.

Il y a, chez Tchékhov, quelque chose de cette conception de la vie comme beauté souillée, comme beauté profanée, tournée en dérision, que l'on retrouve dans toute la littérature russe, de Tolstoï à Alexandre Soljénitsyne, en passant par Dostoïevski et Alexandre Blok. De l'écart entre le modèle dans sa plénitude et la vie réelle, du sentiment que la vie réelle est un rabaissement de l'idéal, naît chez les héros de Tchékhov cette impression de vie toujours manquée dont il fait le thème obsédant de ses œuvres.

Autre conséquence, le comique, le regard comique sur les bévues, les ratages de l'existence, qui sont autant de faux pas. La vie, d'ailleurs, lui a bien rendu ses traits d'humour ; après sa mort, le 2/15 juillet 1904, à Badenweiler, en Forêt noire, son corps fut ramené en Russie dans un wagon frigorifique portant l'inscription « Huîtres fraîches ».

La *pošlost'*, cet indice sûr de la vie manquée, se mesure par la comparaison avec l'idéal non accompli : Tchékhov croit à la présence réelle, à la réalité de l'idéal, de la beauté, à son éminente possibilité, ce qui se traduit pour l'homme par un devoir de perfection. Pour lui, si le chaos est bien réel, tout aussi réel est le cosmos[1]. Il ne convient pas de voir en Tchékhov un idéaliste hors de ce monde : pour lui, la vie, sa vie à lui a un sens. S'il ne croit en aucune survie en quelque île peuplée d'asphodèles, on ne trouve aucune croyance, chez lui, à un quelconque absurde existentiel : il n'est pas de « royaume de Dieu » à venir, il n'y a qu'un royaume de l'homme. Le scandale est que ce royaume ne soit pas déjà advenu.

Comique et musique

La musique, chez Tchékhov, est d'abord une affaire de style. La fameuse concision tchékhovienne relève de la même volonté de cohérence qui

---

1. *Dans le ravin* / *V ovrage*, paru en 1900, *PSS-30*, t. 10, s. 144-180 :

« il leur sembla que, du haut des nuages, du bleu profond du ciel où sont les étoiles, quelqu'un les regardait, voyait tout ce qui se passait à Oukléïevo et veillait. Et, quelque grand que fût le mal, la nuit était calme et belle, dans le monde de Dieu la vérité existait et existerait toujours, aussi calme et aussi belle, et tout sur terre n'attendait que de se fondre avec la vérité, comme la clarté de la lune se fond avec la nuit. »

commande l'écriture de la musique, la recherche de la note juste.

Le comique ne relève-t-il pas lui aussi du ton juste ? Si ce qui fait rire, ce sont les fausses notes d'autrui, le propre du génie comique est de les faire entendre à travers une partition qui sonne juste. Tchékhov a commencé comme auteur de récits comiques, et, de la comédie à la musique, il n'y a qu'un pas que les arts du spectacle ont toujours franchi : la comédie tchékhovienne est, dès son origine, comme naturellement musicale.

Tchékhov se considérait comme un auteur d'abord et avant tout comique, et il était épouvanté par la réputation de sérieux et de pessimisme qui lui était faite. La première pièce qu'il ait écrite, au début des années 1880, *Platonov*, est le drame le plus follement gai que l'on puisse imaginer, et la mise en scène endiablée de Nikita Mikhalkov-Kontchalovski en 1988 à Bobigny, avec de joyeux comédiens italiens, dont Marcello Mastroianni, aurait fait la joie de Tchékhov. *La Cerisaie*, qui fait larmoyer depuis près d'un siècle, était, aux yeux de Tchékhov, excédé par la déformation sentimentale que Stanislavski faisait subir à sa pièce, la plus enlevée des comédies. Effectivement, quoi de plus drôle que *Platonov*, que *La Cerisaie* ? Un raté, conscient d'en être un, rate jusqu'à son suicide ; l'homme qui voulait sauver la Cerisaie, la rachète, mais c'est pour la démolir. « Dieu, que ces mortels sont amusants ! » (Puck.)

Si Tchékhov sommeillait en Tchékhonté, Tchékhonté veille en Tchékhov.

Le finale des *Trois Sœurs* (1901) peut être considéré comme un modèle du genre. Le régiment quitte la ville, les officiers font leurs adieux aux trois sœurs qu'ils abandonnent, sur fond de musique militaire entraînante et d'escouades de soldats alertes qui passent et repassent, et chacun, chaque couple brode son motif déchirant sur ce rythme

général, qui est gai. C'est le moment où Touzenbach le mal-aimé trouve, lui qui dans un instant va
mourir sous la balle de Soliony, la note juste pour
son chant du cygne, ses adieux à Irina, ses adieux à
la nature. Et que dire du chant des trois femmes
abandonnées ? Sa musicalité le démasque comme
hymne à l'espérance : l'espérance est toujours le
maître mot de Tchékhov, elle a été, avec *La Fiancée*, son dernier mot.

La technique tchékhovienne est la même dans
ses récits et dans son théâtre, un système d'échos,
de silences et de réponses différées ou apparem-
ment fortuites qui correspond tout à fait à celle de
la musique. La vie, selon Tchékhov, est comme un
concert, comme une symphonie. Ce qu'il faudrait,
c'est savoir écouter ; faire œuvre d'art, c'est faire
entendre aux hommes l'air exact de leur vie, qu'ils
écoutent de travers parce qu'ils pensent toujours à
autre chose, parce qu'ils pensent à contretemps.

Le chaos et le cosmos

Tchékhov est un réaliste au sens philosophique
du mot : il croit à la réalité des essences, mais une
réalité qui ne serait pas métaphysique, il croit à
l'existence actuelle, concrète, du beau, du bien, du
vrai. Les hommes vivent en dessous d'eux-mêmes
et le monde existe sous une forme insuffisante et
dégradée.

Dans le récit *L'Étudiant*[1], le froid « tombé d'un
seul coup avait brusquement brisé l'ordre et l'harmonie du monde entier » aux yeux de l'étudiant de
l'académie religieuse Ivan Vélikopolski qui revient
du passage des bécasses par une soirée jusqu'alors
belle et calme. A deux femmes, deux veuves, mère

---

1. *L'Étudiant / Student* paraît en 1894. *PSS-30*, t. 8, s. 306-
309.

et fille, rencontrées se chauffant à un feu de bois dans leur potager au bord de la rivière, il raconte l'histoire du triple reniement du Christ par Pierre, dans la cour du grand-prêtre, par un même soir froid, près d'un feu, il y a près de deux mille ans. Vassilissa, la mère, se met soudain à pleurer, Loukéria, la fille, rougit comme s'efforçant de cacher « une douleur très grande ».

L'étudiant, qui n'a point encore derrière lui toute une vie de souffrances et d'erreurs comme ces deux femmes, s'étonne de l'effet de son récit sur Vassilissa :

> « si elle s'était mise à pleurer, c'était que toute l'histoire de Pierre pendant cette nuit terrible devait avoir un rapport avec la sienne ».

Pardonnons-lui, car il ne sait ce qu'il fait.
Mais il comprend :

> « ce qui s'était passé voilà dix-neuf siècles avait rapport avec le présent, avec les deux femmes, et [...] avec lui-même, et avec tout le monde »

car :

> « le passé [...] était lié au présent par une chaîne ininterrompue d'événements qui découlaient les uns des autres ».
> « Si la vieille s'était mise à pleurer [...] c'était parce que Pierre lui était proche et parce que tout entière elle était concernée par ce qui se passait dans l'âme de Pierre. »

Ce qui apparaît à travers ce mince et fortuit incident, c'est que

> « la vérité et la beauté qui dirigeaient la vie de l'homme là-bas, dans le jardin [de Gethsémani], et dans la cour du grand-prêtre s'étaient perpétuées sans s'arrêter jusqu'à ce jour, et qu'elles avaient sans doute toujours été le plus profond, le plus important dans la vie de l'homme, et sur toute la terre en général »

et la vie apparaît à ce moment-là, à ce jeune homme de vingt-deux ans plein de forces, comme

« éblouissante, miraculeuse et pleine d'un sens
élevé ».

Tchékhov sourit de la belle assurance de ce tout
jeune homme, il n'est pas loin d'attribuer la foi
convaincue de ce dernier à sa jeunesse, à sa superbe
santé, à son inexpérience de la vie, mais on le sent
en sympathie avec Ivan Vélikopolski.

Que signifie l'histoire de Pierre pour ces deux
femmes ? Elle est ressentie par elles comme leur
propre histoire, et elle doit l'être de même par tous
ceux qui l'entendent : elle est l'histoire d'un triple
reniement, comment par peur et par lâcheté Pierre
a renié Celui qu'il se disait prêt à suivre en prison et
dans la mort. Pierre, qui voulait vivre au plus haut,
a vécu en dessous de lui-même, en dessous de son
idéal. L'histoire de Pierre est celle de ces deux
femmes comme elle est celle de chacun d'entre
nous, selon Tchékhov, dans la mesure où elle nous
renvoie, comme elle fait pour les deux femmes, à
l'écart entre la manière dont nous voudrions vivre
et la manière dont nous avons vécu effectivement.

De même, *Pendant la nuit de Pâques*[1], le narrateur
observe à quel point, autour et à l'intérieur de
l'église du monastère, les hommes, rassemblés pour
célébrer la résurrection pascale, s'agitent gaiement,
un air de solennité joyeuse sur le visage, mais sans
produire l'impression d'aucune transcendance,
d'aucune Présence :

> « Une prière recueillie, on ne peut même pas y son-
> ger. Il n'y a pas de prière, il n'y a qu'une joie générale,
> enfantine et inconsciente, une joie qui se cherche une
> raison, rien que pour éclater au-dehors et se trans-
> mettre dans un mouvement, n'importe lequel, fût-ce
> cette bousculade de badauds sans vergogne. »

Assez belle représentation du monde en général,
selon Tchékhov : les gens s'agitent à la recherche

---

1. *Pendant la nuit de Pâques* / *Svjatoju nočʼju* paraît en 1898.
PSS-30, t. 5, s. 92-103.

de divertissements vulgaires, sans prêter attention au cosmos mélodieux dans lequel ils baignent et auquel ils participent. En effet, ils ont des oreilles, et ils n'entendent pas, ici la poésie sublime des chants et de toute la liturgie de Pâques. Le seul qui s'en serait gorgé en extase, le novice Hiéronyme, a été oublié sur le bac qu'il est chargé de manœuvrer, on n'a pas pensé à le relever. Son ami le moine Nicolas vient de mourir : moqué et un peu méprisé de tout le monastère, il prenait sa joie à composer de merveilleux acathystes, des louanges sacrées débordantes de fleurs et d'étoiles de poésie, qui vont se perdre car on ne les imprimera même pas ; le seul, en effet, à les entendre, à les aimer, était l'obscur Hiéronyme :

> « On va commencer de chanter le canon de Pâques, dit Hiéronyme, et Nicolas n'est plus ici, il n'y a plus personne pour comprendre... »

Seuls Nicolas et son disciple Hiéronyme, l'un mort, l'autre relégué dans les ténèbres — l'un a su, l'autre se souvient — témoignent de la beauté immanente, que seuls les mots, la littérature, peuvent rappeler. Mais « il n'y a plus personne pour comprendre » ; Tchékhov nous laisse cependant entendre que la poésie passionnée du bon moine Nicolas devait être quelque peu surchargée de fleurs et d'étoiles...

Tchékhov n'était certainement pas croyant au sens religieux du terme, et il serait malhonnête d'en faire un chrétien qui s'ignore. Il reste qu'il a toujours parlé du clergé orthodoxe avec une sympathie[1] qui témoigne d'une grande communauté dans la manière de voir le monde : douceur, sens de

---

1. IVASK, G., « Čehov and the Russian Clergy », in EEKMAN, Th. ed., *Anton Chekhov, 1860-1960. Some Essays*, Leyden, 1960, p. 83-92.
MARSHALL, R.G., « Chekhov and Russian Orthodox Clergy », *Slavic and East European Journal*, 1963, VII, 4.

l'univers comme d'un cosmos mélodieux et paisible, proximité du « miracle » dans la vie de tous les jours.

La plupart des récits de Tchékov reposent ainsi, comme ses comédies, sur ce que l'on appellera une dialectique du cosmos et du chaos, l'un indiquant, soulignant l'autre : sur fond d'harmonie, de musique du monde, les êtres incertains et trébuchants que nous sommes tissent leurs motifs plus ou moins cocasses, plus ou moins pathétiques, car leurs fausses notes mêmes renvoient à la recherche manquée de la note juste, les hommes restant toute leur vie, comme au piano, des débutants.

La nouvelle classique

Tchékhov couronne le tournant de la nouvelle européenne, à la charnière de deux siècles, de deux mondes : la « vie nouvelle » entrevue par Nadia ressemble à une page blanche. Pour reprendre une distinction barthésienne, l'on passe, avec Tchékhov, du classique *lisible* au moderne *scriptible*.

Afin de replacer les nouvelles de Tchékhov dans le contexte européen de leur temps, nous suivrons ici les travaux novateurs de Vladimir Kataev et de Florence Goyet[1].

Le passage du XIXe au XXe siècle coïncide, dans un contexte plus général, avec celui de la nouvelle classique, celle de Maupassant, à la nouvelle moderne.

La nouvelle classique, qui invite le lecteur à s'identifier à son représentant à l'intérieur du texte, à partager la domination de ce narrateur-témoin sur un personnage à l'horizon limité, est facilement satirique, comique et critique : c'est la position gra-

---

1. Voir bibliographie : V.B. KATAEV 1968, 1979, 1985, 1989.

tifiante du Dieu du *theatrum mundi* souriant de la condition humaine, des travers et des ridicules des hommes tels que le provincial, le fonctionnaire, le petit-bourgeois, etc.

Cette distance avec le personnage et le rôle qu'il joue dans la comédie plus ou moins désopilante de ses propres erreurs n'empêche cependant pas que celui-ci puisse parfois être émouvant. Rire ou sourire d'un personnage qui nous ressemble, nous blesse ; mais si Tchékhov a été souvent qualifié de cruel, par exemple par le sentimental Gorki, c'est parce que ses personnages sont, comme nous le sommes, incorrigibles. Sacha, dans *La Fiancée*, est un terne raté, mais avec de beaux restes, même physiques, montrant ce qu'il aurait pu être. Il nous déçoit comme il déçoit vite Nadia : lui qui devait être un soleil de la peinture, après avoir été un étudiant presque éternel (quinze ans dans la même école des beaux-arts !), n'est plus qu'une sorte d'ouvrier-dilettante dans un atelier de gravures, c'est-à-dire de reproduction mécanique des chefs-d'œuvre qu'il ne lui aura jamais été donné de peindre. Il est tout occupé à « retourner » la vie des autres, en particulier celle des jeunes femmes — par un étrange détour libidinal, semble-t-il : il parle, il parle, car c'est vraiment tout ce qu'il sait faire, aimer, être aimé, cela ne semble pas pouvoir le concerner — au lieu de s'occuper de sa propre vie, de faire ne serait-ce que son ménage, lui qui vit dans la crasse, les crachats, les mégots froids et les mouches mortes, tout cela pour vivre en parasite chez la grand-mère de Nadia et mourir de la tuberculose, seul au fond d'une province obscure, à Saratov, à mille lieues de Moscou.

Tchékhov montre en même temps les conditions parfois épouvantables dans lesquelles le héros est pris comme entre les deux pinces d'une tenaille, et les « représentations mensongères » (*ložnye predstavlenija*) qu'il se fait de sa situation. L'exemple canonique est ici, bien sûr, *Dormir !* (*Spat' xočetsja*, 1888), récit poignant et affreux où la petite domestique, ivre de manque de sommeil, finit par étrangler le bébé qui la torture de ses hurlements, sans comprendre que les vrais responsables de son malheur sont les durs maîtres artisans qui l'accablent de travail et ne lui laissent pas un instant pour fermer l'œil.

Tous les personnages de Tchékhov souffrent d'une compréhension insuffisante ou erronée de leur condition, depuis Kouzma, d'*Une rencontre*, qui singe sa propre révolte, jusqu'à la « fiancée » elle-même, qui *revient* aux lieux qu'elle a quittés, et qui croit, naïvement, que, cette fois, elle va s'en aller pour toujours.

Des nouvelles ouvertes sur l'avenir

La nouvelle tchékhovienne revêt un aspect résolument moderne quand elle cesse de reposer sur une structure antithétique simple, sur une opposition dramatique entre ce qu'il « semblait » au héros et ce qui soudain lui est « apparu » (*kazalos' / okazalos'*). Ces nouvelles « de la découverte » (*rasskazy otkrytija*) supposent une anecdote frappante, avec un enjeu important pour le héros, qui joue, gagne ou, le plus souvent, ruine sa vie.

La nouvelle tchékhovienne moderne n'ouvre sur aucun lendemain qui chante les accomplissements qui n'auront pas été ceux d'aujourd'hui. L'air de Verchinine, dans *Les Trois Sœurs*, — « Dans cent ans, dans mille ans, les hommes seront heureux, ils sauront pourquoi ils vivent ! Nous et nos souffrances nous serons oubliés, mais nous aurons préparé leur bonheur, etc. » — est l'air des velléitaires et des malheureux.

Nous parlons, nous n'agissons pas, ce sont propos de fauteuil. Mais sous le ciel immense de *La*

Cerisaie, posés sur des pierres tombales à demi enfoncées dans le sol, si vieilles que nous, Russes à l'ancienne, nous avons même oublié qu'il s'agit de pierres sacrées, de pierres éternelles, nous sommes encerclés par l'univers, enchâssés dans ce cosmos que nous ne comprenons pas, mais qui nous entoure et que Tchékhov veut montrer.

C'est la fonction des « pages inutiles » ou des « mots inutiles », si fréquents, contrairement à l'opinion reçue, dans la nouvelle moderne tchékhovienne. *Une rencontre* commence au cœur d'une forêt magnifique, sur le fond de laquelle jure et grince la figure arlequinesque et vainement agitée du vagabond Kouzma. *Les Feux* ont pour décor la steppe primordiale, et le chaos d'un chantier qui est explicitement comparé au chaos qui précéda la Création, et d'étranges alignements de lueurs sans repères fuient, pour l'un, vers l'avenir, pour l'autre, vers le passé, convoquant des peuples très anciens, ou des sociétés futures. La magie des nuits russes dans les propriétés à la Tourguéniev, où frontons à colonnes blanches, verdure, musique, jardins à l'abandon et clairs de lune appellent pour la dernière fois à l'amour (*Chez des amis*), rejoint le printemps bouillonnant qui encadre la maison des morts de *La Fiancée*. « Nous devrions tous être des géants... » regrette, dans *La Cerisaie*, Lopakhine, qui est pourtant le moins petit de tous. Ces tableaux « hors-sujet », pour reprendre Florence Goyet[1], ne sont pas des morceaux de bravoure, ils désignent « le reste », le cosmos, rien de moins.

Vladimir Kataev a bien compris, nous semble-t-il avec Florence Goyet[2], le modernisme de l'esthétique tchékhovienne. Rompant avec le dogmatisme tolstoïen, entre autres, Tchékhov refuse de prêcher quelque vérité que ce soit du haut d'une conviction

1. F. GOYET 1991a, p. 144.
2. F. GOYET 1991a, p. 137.

personnelle autoritaire. Ni conservateur défensif ni
révolutionnaire agressif, Tchékhov ne s'estime, en
tant qu'écrivain, détenteur d'aucune compétence,
que ce soit en matière de religion, de science, de
doctrine sociologique ou révolutionnaire. Les
« idées générales » (*obščie idei*) sont « générales »
précisément en ceci qu'elles n'ont pas d'existence
concrète et qu'elles servent à rendre définitivement
myope devant la réalité existante (*nastojaščaja
pravda*).

Traiter chaque cas à part

Chaque événement, chaque cas, chaque idée,
chaque propos doivent être examinés dans leur
contexte concret propre, car il n'est de « vérité »
qu'en situation particulière. Ce que, dans *La Cerisaie*, disent Trofimov, éternel étudiant, parasite
paresseux de ceux qu'il fustige en termes excellents,
page intellectuel des dames, qui en redemandent —
« Comme vous êtes intelligent, Piotr Serguéiévitch !
Expliquez-nous... les étoiles ! » disent les ombrelles,
à l'acte II — ou Ananaiev, héros des *Feux*, homme
confortable, excellent ingénieur qui n'aime rien tant
que « boire un petit coup (toute la soirée !) et philosopher » pour entretenir en même temps que son
agréable embonpoint son confort moral d'homme
mûr qui a tout compris et tout résolu, est remarquable, fin et fort, on ne saurait dire mieux, c'est
Tchékhov qui leur souffle en personne leur rôle,
mais qui est convaincu, qui est ébranlé, qui est
converti ? Même pas leur public, personne à la
« Cerisaie », personne dans la nuit du chantier.

Chaque personnage de Tchékhov est fait de
nombreux traits pris à des prototypes rencontrés
par lui, mais ce dernier, écrivain à carnets comme
bien d'autres, ne cherchait pas à créer un type
général à partir d'observations dérobées aux inter-

locuteurs de rencontre. Bien au contraire, c'est dans le détail fortuit que Tchékhov cherche à fonder la vérité de son personnage : celui-ci n'est pas inventé, imaginé, construit, sa véracité est établie par un ancrage précis dans la réalité. Il n'est pas un « héros », il est un homme de la prose commune au lecteur comme à l'auteur. Sa contingence le rend unique. Platon l'a dit, tout ce qui est réel est unique : le fortuit est le gage de l'unicité et donc de la réalité.

Une rencontre

Une rencontre, qui date de 1887, est une réponse au tolstoïsme et, par certains aspects, une réécriture de plusieurs récits édifiants de Léon Tolstoï[1]. Moderne, ce récit l'est par l'annulation de l'anecdote : en fin de compte, Kouzma n'a rien volé, ou presque, de l'argent, lequel appartient à Dieu, ou à personne, il a avoué, rendu une partie de son larcin, il n'a pas été puni pour son vol : l'accent est mis sur autre chose que sur l'anecdote. L'important serait-il la figure d'Efrème, homme de Dieu (*pravednik*) ? Là est toute la question : Tchékhov, en effet, « égalise les plus et les moins » entre ses personnages, dans ce récit qui est une intervention dans la polémique qui fait de Léon Tolstoï, à l'époque, le centre d'un véritable cyclone culturel.

La clé des intentions tchékhoviennes nous est donnée par l'épigraphe qu'il place en tête de son récit en 1887. Cette phrase curieuse est une citation tirée d'un texte tout récent d'un certain S.V. Maximov, « Deux pseudo-saints hommes. Extrait de

---

1. Tolstoï s'est converti en 1882 (*Ma confession*) et il est devenu le chef d'une nouvelle église, celle de la vraie religion chrétienne. Désormais, il répudie la littérature, y compris son œuvre antérieure, pour inonder ses contemporains de paraboles édifiantes.

mes souvenirs » (« *Dva pustosvjata*. (*Iz vospomina-
nij*»), paru dans la revue *Russkaja mysl'*, 1887,
n° 2. Elle concerne le portrait d'un assassin, Zykov,
au fouettage public duquel S.V. Maximov avait
assisté en 1850 et qu'il avait pu revoir en 1860 au
bagne de Nertchinsk, au-delà du lac Baïkal :
« Zykov est absolument incurable », telle est la
conclusion de S.V. Maximov. L'essai de ce dernier
paraît en 1887, dans le contexte de la polémique
autour des œuvres philosophico-religieuses du
comte Léon Tolstoï qui est en train de fonder sa
religion néo-chrétienne sur l'idée que « le royaume
de Dieu est en chacun de nous ». En plaçant son
récit sous l'enseigne du texte de S.V. Maximov,
Tchékhov, sans entrer dans une polémique ouverte
avec Léon Tolstoï, exprime sa conviction que la
doctrine tolstoïenne de la non-résistance au mal par
la force n'est pas applicable dans la vie concrète. Il
choisit même, pourrait-on dire, un cas facile et
pour ainsi dire anodin, et non une situation cri-
minelle extraordinaire, qui justifierait par son
caractère hors du commun une conversion tout
aussi spectaculaire. Kouzma n'est pas ému ni touché par la grâce, il est énervé, exaspéré par l'attitude d'Efrème, et cela se traduit par une surexcita-
tion fiévreuse où il se parodie lui-même comme
bouffon grimaçant.

Ce récit est aussi la réécriture d'un récit édifiant
de Léon Tolstoï, *Krestnik* (« Le Filleul »), où un
homme de Dieu convertit un effroyable bandit par
les seules armes de la pitié et de l'amour. Si les
gestes et le comportement de la sainteté sont bien
du côté d'Efrème, peut-on parler de pitié et
d'amour ? En tout cas, Kouzma n'en subit guère les
effets persuasifs. Efrème, quant à lui, semble
composé à partir d'au moins deux « justes » tols-
toïens, Efim (*Dva starika*/ « Deux vieillards ») et
Sémione (*Čem ljudi živy*/ « Ce qui fait vivre les
gens »).

Tchékhov était mécontent de son récit qui, par

certains côtés, trempait lui aussi dans cette littérature édifiante qu'il désapprouvait et se compromettait avec les « vérités spécialisées » de Tolstoï. Nous
possédons les épreuves corrigées par Tchékhov.
L'auteur, pour la version finale, retranche ou raccourcit nombre de références explicites au tolstoïsme ; il renonce même à certaines réflexions critiquant le caractère contradictoire de cette doctrine.
Fidèle à son esthétique, Tchékhov ne nous laisse
voir que l'exposé des actions d'Efrème, sans donner
la motivation personnelle des actes de ce moujik
manifestement tolstoïen.

Le voyage d'Efrème est, pour Tchékhov et pour
nous, l'occasion de parcourir cette campagne russe
dont on parlait tant à l'époque. C'est d'abord un
spectacle de beauté et de douceur : la grande forêt
majestueuse, avec sa mousse, les villages traditionnels, Efrème sur son chariot portant une cloche
d'église et une icône, les manières paisibles et
patriarcales de ce bon chrétien, de ce *pravednik*,
tout charme et entraîne la sympathie. Mais l'apparition, sur ce fond harmonieux, d'un personnage
étrangement agité, la version au ras du peuple de
l'« homme de trop » de la littérature russe du
XIXᵉ siècle (Onéguine, Pétchorine, etc.), rejeté par
sa famille, par sa commune, hâbleur et affabulateur, détruit l'impression produite. En même
temps, cette fausse note renvoie au thème très
tchékhovien de l'homme doué mais abîmé par un
environnement dur et sans pitié, par la grossièreté
inconcevable de la vie de province russe, cette terre
de toutes les sauvageries : Kouzma est surnommé
« le Pendu », parce que les moujiks l'ont pendu,
enfant, à un arbre, ce dont il a réchappé par le plus
invraisemblable des hasards. Pendre un enfant !
Sans doute la forme bizarre du crâne de Kouzma
vient-elle de cet abominable traumatisme tout
comme sa hargne à l'égard du genre humain. C'est
cela, la face cachée du moujik « porteur de Dieu »,

du *bogonosec* cher à Dostoïevski et à Tolstoï : à la campagne, où les gosses plument les moineaux vivants, on ne pend pas que les chiens. On y commet sans vergogne ce crime que Dostoïevski considérait comme le pire de tous, l'infanticide. Tchékhov, fils de serf, né quand le servage existait encore, connaissait trop bien la face cachée de la planète campagne pour qu'on l'émeuve avec des histoires de moujiks édifiants, imaginées par un « barine » mystique ou par un intellectuel de Saint-Pétersbourg coupé des réalités.

Kouzma le réchappé est, d'un autre côté, un être libre, un vagabond fantaisiste et imaginatif, qui gambade au-dessus de l'entrelacs de chaînes et de routines qu'est la vie russe, mais il est toujours en train de provoquer litiges, contestations, bagarres, comme s'il était en compte permanent avec la société. Il vole Efrème, nie effrontément l'avoir fait, menace de porter plainte pour soupçons calomnieux ; mais quand Efrème, vrai tolstoïen, lui pardonne, il en est tout décontenancé, car il ne peut même plus, lui qui est coupable non seulement devant la loi humaine, mais surtout devant Dieu, se poser en victime, lui le rejeté, le refusé, l'inadopté, le pendu qu'on a raté.

Quant à Efrème, s'il renvoie Kouzma devant le seul Juge qui existe (« A moi la rétribution... »), il ne brille pas pour autant par l'amour du prochain, la *caritas*, la charité : il a quelque chose de sec et d'indifférent qui le rend peu crédible et peu humain. Et Kouzma, qui a perdu pied un instant, redevient, pour finir, ce qu'il était au début de la rencontre, un insupportable comédien, mythomane et bavard. Efrème repart comme il est arrivé, Kouzma l'accompagne en dansant autour de son chariot, en criant et en gesticulant comme au début.

Le récit revient donc exactement à son début : rien ne s'est passé, rien n'a changé, aucun miracle n'a eu lieu, Kouzma ne s'est ni converti ni assagi,

Efrème repart toujours aussi fermé sur lui-même.
Tchékhov a procédé à « l'égalisation des plus et des
moins », les deux personnages restent ce qu'ils sont,
rien n'a pu les transformer.

C'est ce que voulait laisser entendre Tchékhov
en publiant la nouvelle, non reprise dans sa première édition de ses œuvres complètes. Tchékhov
est la vérité de Tolstoï. *Une rencontre* peint ce qui se
passera dans la réalité si on y applique ce qu'ima-
gine Léon Tolstoï : rien.

Les Feux

Ogni/ Les Feux, « roman » (*povest'*), le second
après *La Steppe* (mars 1888), est une œuvre plus
complexe. Parue en juin 1888 dans *Severnij vestnik*,
n° 6, s. 1-36, cette longue narration coûta beaucoup d'efforts à Tchékhov qui s'en montra si peu
satisfait qu'il ne l'inclut pas dans ses œuvres
complètes. Tchékhov se surprend en train de « phi-
losophailler » à volonté, comme l'excellent Ananiev,
de faire la leçon à la jeunesse en la personne du
baron von Stenberg. Enfin, c'est toute une parabole
qu'Ananiev, faisant l'apôtre, développe plus ou
moins pesamment avec le « roman de Kissotchka »,
l'histoire du « petit chat ».

On a beaucoup reproché à Tchékhov le finale
auquel il avait fini par se rallier : « Non, on ne
comprend rien, en ce monde... » Qu'y a-t-il qui
reste incompréhensible au lecteur à la fin de l'histoire ? Un narrateur compétent, médecin comme
Tchékhov, habitué à scruter la nature humaine,
étranger à ce monde du chantier auquel il rend une
visite fortuite et brève, et donc non prévenu, sert de
relais entre les personnages et le lecteur. Qui plus
est, la structure, fort classique, du récit enchâssé
permet une mise à distance et une mise en perspective de l'événement passé, « l'affaire Kissotchka »,

laquelle en acquiert l'autorité de la chose jugée par Ananiev, par nous, lecteurs, après l'étudiant, et après le narrateur.

Rien n'est effectivement laissé dans l'ombre, et l'autocritique d'Ananiev convainc : oui, ce qu'il a fait jadis à Kissotchka est mal, et il procède à une condamnation magistrale, en des termes qui ne peuvent être que ceux de Tchékhov, du nihilisme aussi vain que présomptueux d'une jeunesse conformiste et cynique qui cherche dans une philosophie bon marché l'autorisation de tout se permettre.

Mais ce qui a surtout frappé le narrateur, c'est que l'un et l'autre valent mieux que leurs propos, et que la ligne de chemin de fer qu'ils construisent vaut mieux que leur « philosophie ». Ce qui étonne le narrateur, et, à travers lui, l'auteur, est aussi que l'on puisse, comme l'étudiant, rester imperméable à l'expérience d'autrui, et, comme le brave Ananiev, ressasser éternellement et vainement la même chose. Ce que le narrateur-auteur, décidément, ne comprend pas en ce monde, ne serait-ce pas précisément, non l'histoire d'Ananiev, parfaitement claire, mais le fait qu'on ne la comprenne pas ? L'affaire concerne désormais le Docteur Tchékhov et ses récits : le vrai sujet des *Feux* serait l'histoire d'un docteur dont les diagnostics ne servent à rien, d'un auteur qui ne s'abuse pas sur l'accueil qui sera fait à ses récits.

Le chantier contemplé sous la nuit, avec ses feux étranges partant au long de la ligne, serait une image assez exacte du chaos même de notre vie, avec ses entreprises anarchiques, peuplée de vains fantômes et des vaines terreurs d'une imagination débridée qui, en se trompant sur le réel, lui dénie tout sens.

Ananiev mange et surtout boit trop, les bouteilles s'accumulent sous son lit. C'est dans ce sentimentalisme pour le moins stimulé qu'il puise son inspi-

ration. Quoi de plus agréable, le soir venu, que de
« boire du vin et de philosopher un peu » ? Et lui qui
critique la tendance à généraliser et à se complaire
dans des idées abstraites et confuses, tombe dans ce
même travers que Tchékhov fustige si souvent, les
« idées générales » (*obščie idei*) ou les rêveries sur le
futur. Il se projette dans un facile avenir de progrès,
comme l'étudiant traîne en pensée dans un passé de
pacotille, à grand renfort d'Amalécites et de Philistins, et il n'y a pas loin du sympathique Ananiev au
charmant Verchinine des *Trois Sœurs*, plus heureux
dans l'avenir dont il rêve que dans le présent où il
s'ennuie. Car, même en cette nuit paisible sur la
steppe règne l'angoisse de vivre, une inquiétude
(*toska*) qui s'exprime dans les aboiements irraison-
nés d'Azorka, aussi brave chien qu'Ananiev est
brave homme.

Tchékhov est le maître de cet art de modaliser les
propos qui se tiennent devant lui. C'est la présence
même du narrateur-personnage qui le permet, l'un
et l'autre se tournant vers lui pour qu'il dise qui des
deux a raison. Belle occasion pour Tchékhov,
d'« égaliser les plus et les moins » ! Ses préférences
vont à Ananiev, on le sent bien, mais celui-ci est
trop convaincu d'avoir raison pour être vraiment
convaincant. Cependant, Tchékhov, rare parmi ses
contemporains, ne craint pas de critiquer l'état
d'esprit de la jeunesse (après tout, il n'a lui-même,
en 1888, que vingt-huit ans !) : vingt ans, on l'a dit
depuis, est tout sauf l'âge du génie.

Aussi est-ce un débat plus ou moins caricatural
qui s'instaure sous l'œil perplexe d'un narrateur
plutôt ennuyé et désireux de se coucher, à la faveur
de cette convivialité facile des rencontres dans une
steppe lointaine.

A travers Ananiev, Tchékhov a bien raison de
critiquer cette véritable maladie du siècle qui enlève
soudain à la vie toute saveur. En von Stenberg
s'accumulent les relents de toutes les idéologies du

siècle finissant. Il est très représentatif de la mentalité post-nihiliste des années 1880 : pour la génération de 1860, rien n'existait et n'avait de valeur que
ce qui était matériel et « positif » (à bas la religion,
l'impératif moral catégorique, les institutions, la
poésie, l'art ! vivent les sciences naturelles, la
morale utilitaire, l'arithmétique, le réalisme tcher-
nichevskien !) ; en 1880, même l'action est jugée
vanité des vanités : nous ne sommes que des êtres
de hasard en sursis, rien ne vaut que nous fassions
le moindre effort physique ou cérébral, car le destin
de toute chose est l'implosion du néant. Si l'on
ajoute à cela les lugubres rêvasseries du symbolisme
et du décadentisme en vogue et dont le spectacle
monté, dans *La Mouette*, par le jeune Constantin
Tréplev nous donne une idée assez exacte,

> « Hommes, lions, aigles et perdrix, cerfs cornus,
> poissons silencieux, habitants de l'eau, étoiles de mer,
> et ceux que l'œil ne pouvait apercevoir, — bref, toutes
> les vies, toutes les vies, ayant achevé leur triste cycle, se
> sont éteintes... Depuis déjà des milliers de siècles, la
> terre ne porte plus un seul être vivant, et cette pauvre
> lune allume en vain sa lanterne... »

on comprend mieux le suicide de Tréplev : à quoi
bon vivre si c'est pour traîner une pareille ano-
rexie ?

Ananiev, et, avec lui, Tchékhov, se fâche, et s'il
prend la parole un peu longuement pour mettre son
interlocuteur en déroute, c'est pour lui montrer,
pour nous montrer, par son propre exemple, que
cette « pensée de l'étudiant », non seulement n'en
est pas une, mais que « la paix de l'âme » et « la
paresse cérébrale » de celui-ci sont pires qu'une
maladie, elles sont un vice. D'ailleurs, le dégoût de
tout affiché par le baron de Saint-Pétersbourg ne
l'empêchent nullement, le samedi, de procéder à
des « raids » (*nabegi*) donjuanesques. Ce n'est pas
seulement une contradiction amusante, la chair
n'est que la chair, mais elle reste la chair : ce pessi-

misme facile permet... de tout se permettre ; en effet, qu'est-ce qu'une action répréhensible, qu'est-ce, par exemple, que l'honneur ou le bonheur d'une femme, face à l'éternité d'oubli dans laquelle tel mauvais coup est, par avance, déjà enseveli ? A la thèse, succède l'illustration, à la généralité, le cas de Kissotchka.

La parabole de Kissotchka développe un thème tchékhovien bien connu, celui de la vie manquée. Kissotchka est la femme abandonnée par excellence, par ses contemporains les garçons de Taganrog qui la courtisaient pour s'amuser avant de s'envoler vers leur avenir à Saint-Pétersbourg, à des milliers de kilomètres, par un mari grossier et indifférent qui lui préfère le vin au club et la compagnie des officiers de passage, par Ananiev, l'ami d'enfance qui abuse d'elle.

Ananiev illustre la mentalité nihiliste de sa jeunesse pourvoyeuse de bonne conscience dans les actions les plus basses, en particulier avec les femmes, qui ne sont que des « bustes » ou des « jambes » destinés à égayer ses voyages. Avec Kissotchka, il hésite assez longtemps, par peur de se lier, mais finit par commettre l'erreur, la mauvaise action de profaner le souvenir qu'il gardait du temps où, tout jeune lycéen, il était fou de ce « petit chat » : en entraînant brutalement Kissotchka dans sa chambre d'hôtel pour arriver à ses fins, la satiété physique, ce sont les fleurs de son jardin secret qu'il piétine. Grossier, il l'a été, comme, le samedi, le baron von Stenberg, pour qui, de la cendre du monde demeurent tout de même intéressants ces spasmes-là. Quelle *pošlost'* !

Si elle fait naître la compassion, « Kissotchka » est montrée aussi dans toutes ses limitations, qui la rendent moins intéressante qu'elle aurait pu être. Femme mariée, elle semble pelotonnée dans son rôle et dans son physique de « chaton ». Éternelle lycéenne, elle ressasse, pour se distraire, son ancien

manuel de mathématiques. Surtout, s'aveuglant de
« représentations mensongères », elle idéalise *a
priori* tous ses anciens camarades garçons :
« Comme c'est bien !... Comme c'est beau !... Vous
êtes tous des garçons extraordinaires !... » répète-
t-elle à un Ananiev fort ordinaire qui, au même
moment, évalue ses charmes et soupèse ses chances
de passer la nuit avec elle. Ses propos les plus
tragiques, ses exclamations les plus pathétiques
sont désamorcées par un accent et une intonation
chantants, ceux du parler ukrainien, qui renvoient à
l'opérette : elle semble jouer, et sur un registre un
peu vulgaire.

L'étudiant, quant à lui, se sent agressé par ce
romantisme d'épigone : ce qui était poétique en
1821 chez Pouchkine dans *Le Prisonnier du Caucase*, en 1839-1840 dans *Un héros de notre temps* de
Lermontov, est complètement usé dans la bouche
d'Ananiev — le Sud d'un exotisme pâli, la mer
Noire au rivage boueux, les Grecs qui s'ennuient, le
héros de passage, mais qui ne vaut pas cher, une
histoire équivoque et indécise où tout rentre dans
l'ordre après quelques convulsions, et finalement
sans drame. Mais cet ordre est celui de la défaite : il
ne se passera plus grand-chose dans la vie de Kissotchka — à moins qu'elle ne s'enfuie, comme les
autres, avec un officier, un chanteur, un prestidigi-
tateur — on peut dire qu'Ananiev l'a « achevée ».

Chez des amis

Avec *U znakomyx* / *Chez des amis*, paru en 1898
dans *Cosmopolis. Meždunarodnyj žurnal. Russkij
otdel*, t. IX, n° 2, fév., s. 103-120, nous prenons la
route qui nous conduit aux *Trois Sœurs* (1901) et à
La Cerisaie (1904). Selon D. Baluxatyj (1931),
Tchékhov, avec ce récit, et surtout avec *La Fiancée*
(1903) essaie en prose narrative ce qu'il va mettre

sur scène en 1901 et en 1904. La vie nouvelle sera-t-elle au rendez-vous que lui assignent les nouveaux héros tchékhoviens ? Tchékhov a lui-même manqué ce rendez-vous.

Tchékhov n'inventait jamais complètement ses sujets, et il disposait d'un prototype pour Sergueï Serguéitch Lossev. L'histoire de Kouzminki et des Lossev est celle de Babkino et des Kissélev, voisins de Tchékhov à Mélikhovo : Tchékhov met dans la bouche de ses Lossev les lettres mêmes qu'il reçoit des Kissélev se lamentant sur leur ruine, recherchant et imaginant expédient sur expédient pour sauver leur propriété.

Le thème de la décadence à la fois poignante et saugrenue du coin merveilleux, de ce nid noble patriarcal qui, dans la campagne grise et triste de la Russie, a été, est encore pour quelque temps, une oasis de poésie, de musique, d'amour et de bonheur, est de la plus grande importance pour comprendre Tchékhov. Persuadé de la disparition inéluctable de ce monde condamné par les temps nouveaux, Tchékhov, fils de paysan serf devenu un homme raffiné par la seule force de sa volonté, jouit des derniers feux de cette civilisation qui s'éloigne à jamais au moment où il y aborde enfin ; lui qui fonde la culture russe moderne, il ne peut s'empêcher de s'inquiéter devant ce naufrage d'un monde qui, on le sait bien maintenant, a été ce que la Russie, depuis le XVIIIe siècle, avec Saint-Pétersbourg, Pouchkine, Gogol, Tolstoï, Dostoïevski, a connu de plus grand, de plus beau. Ce naufrage auquel on ne peut plus rien, Tchékhov le peint sans relâche. *La Fiancée*, au moment où, dans *La Cerisaie*, la corde claque, déchargeant à tout jamais les accords de l'ancien temps, est comme l'ouverture musicale du temps qui vient.

A.S. Kissélev, d'une famille aristocratique très connue en Russie et amie des Tchékhov, est une première variante, peu sympathique, du Gaiev de

La Cerisaie. En effet, dans sa première version, *Chez des amis* était un récit plus tendre, plus bienveillant, un adieu élégiaque au passé qui s'en va pour toujours. Dans l'état final, Tchékhov se montre plus sévère pour l'ancien temps coupable, plein de nos fautes, de nos ratages, de nos échecs, et Serguéï Serguéitch Lossev, peint en charge, incarne le laisser-aller physique, moral et social de cette classe en voie de disparition.

Le groupe des Lossev essaie d'arrêter le temps ou de le faire revenir en arrière, tout en cherchant refuge dans un passé régressif, inventé et artificiel. Ces femmes mûres écrivent à « Micha » Podgorine en se donnant les surnoms bêtifiants de leur prime adolescence : « Ta » et « Va » (Tatiana et Varvara), l'une médecin d'usine, l'autre mère de famille, s'adjoignent « Na », Nadéjda, la petite sœur de Ta, pour inviter chez elles « Micha », qu'elles affectent de considérer toujours comme un très jeune homme qui « ne connaît rien à la vie ». Podgorine, l'avocat d'affaires, annonce Lopakhine de *La Cerisaie* : il est d'un autre milieu, cependant on le traite, avec la merveilleuse simplicité patriarcale russe d'autrefois, en ami de la famille, mais c'est pour lui demander des conseils, des consultations gratuites, pour lui emprunter de quoi faire face aux échéances les plus dangereuses (nous voyons Serguéï Serguéitch, au cognac, « tirer une carotte » de cent roubles à son ami, furieux contre lui-même). On va même essayer de lui vendre une fiancée. Mais si Podgorine annonce Lopakhine, c'est un Lopakhine sans grâce, aigri et sans talent. Serguéï Serguéitch, lui, ferait aussi penser au mari de Ranevskaïa, l'affairiste « mort au champagne » après avoir achevé La Cerisaie, comme Serguéï Serguéitch donne le coup de grâce à Kouzminki.

Tania, l'épouse de Serguéï Serguéitch, est belle et impressionnante. Elle est la dernière maîtresse de Kouzminki et elle a de beaux enfants. Mais

Tchékhov, à travers le regard de Podgorine, la disqualifie : étroite et obtuse, elle n'a jamais voulu qu'une chose, se marier, avoir un mari, des enfants, personne n'existe en dehors de sa famille. Tatiana est une version dégradée de Natacha Rostov, de *Guerre et Paix* de Tolstoï, une fois devenue mère de famille, dans l'« Épilogue ».

Une conspiration sentimentale essaie d'envelopper Podgorine pour lui faire sauver Kouzminki. Il n'est pas jusqu'au poème du grand populiste N.A. Nékrassov (1821-1877) qui ne soit mobilisé dans cette entreprise désespérée. Le sentimentalisme révolutionnaire qui sature ces vers chantant les vies paysannes dévorées par le Moloch moderne des chemins de fer russes, ramène et Podgorine et Varia et Tania à leur jeunesse idéaliste. Mais ce que dit aujourd'hui Nékrassov pour eux, c'est la faillite de leurs élans de jadis, c'est le destin qui menace Kouzminki et ses habitants : c'est déjà, apparaissant à Ranevskaïa, Gaiev, Lopakhine et une autre Varia, le vagabond mendiant en pardessus de qualité rapé appelant ces aristocrates banqueroutiers à partir « pour la Volga », là où « notre frère souffre », sur les chantiers de l'avenir, comme il fait lui, le gentilhomme jeté sur la route.

Une dernière fête a lieu le soir même, comme plus tard à la Cerisaie déjà vendue. C'est le dernier bal à Kouzminki tous ensemble. Podgorine, qui a mal aux pieds, a même chaussé les pantoufles de Sergueï Serguéitch, comme s'il lui succédait comme maître de Kouzminki. Nadéjda ne lui a jamais paru aussi charmante, surtout avec ses bas couleur chair sur ses jolies jambes découvertes par les tourbillons de la danse. Podgorine manque céder au piège tendu par les Lossev : pourquoi n'épouserait-il pas son ancienne élève ? Tous seraient heureux, à commencer par lui, et tout serait sauvé. Mais l'homme d'affaires en lui le sait, tout est perdu. Et il est soudain dégrisé : tous le comprennent, sans le dire, il ne reste plus qu'à aller se coucher.

Nadéjda, en fait, n'est pas différente de sa sœur aînée Tania : amoureuse de l'amour, elle l'est moins de Podgorine que de ses rêves de mariage.

Mais Podgorine le lucide a-t-il pour autant le beau rôle ? Nadéjda est aussi, comme Ania dans *La Cerisaie*, une adolescente qui comprend qu'une vie nouvelle se présente, inéluctable. Elle demande conseil à Podgorine, qui la découvre : derrière la jeune fille de bonne famille dont on dispose et qui y consent, se découvre une personnalité moderne. Il pourrait, il devrait épouser cette femme nouvelle, réelle, cela serait bien pour elle, il la sauverait de ce qui l'attend, l'errance, le malheur, la déchéance. Et ce serait bien pour lui, c'est le bonheur qui danse devant lui. L'abandon qu'il fait de Nadia le disqualifie : qu'il épouse la jeune Espérance, non la fiancée qu'on lui vend contre Kouzminki mais la fiancée de l'avenir en qui s'annonce la seconde Nadia, celle du dernier récit de Tchékhov, sinon, que lui reste-t-il ? Retourner à sa vie de célibataire, d'avocat et d'homme d'affaires, fréquentant sans conviction, par routine et par ennui, les mêmes mauvais lieux et les mêmes cocottes que Sergueï Serguéitch, mari en prudente goguette.

En une dernière scène, Tchékhov nous montre Podgorine, réfugié dans l'ombre, refusant de répondre à l'appel de Nadia. « Il n'y a personne », il ne reste plus à l'une qu'à repartir, la tête basse, sans secours, il ne reste plus à l'autre qu'à fuir à l'aube, comme un voleur, vers sa perpétuelle grisaille.

Tchékhov, en réécrivant ainsi Tourguéniev, marque la fin de ce que l'on a appelé la « littérature nobiliaire » (*dvorjanskja literatura*) ou, plus méchamment, la « littérature de propriétaire noble » (*pomeščič'ja literatura*), qui de Pouchkine à Tourguéniev en passant par Léon Tolstoï, a donné ce que la littérature russe a de plus beau, de plus grand, de plus gracieux. C'est la fin aussi de la vie noble à la campagne, des sortilèges des belles maisons de bois à colonnes blanches, au bord de l'eau, assiégées de rossignols et peuplées de jeunes gens amoureux. Nous sommes en 1898, très bientôt ces maisons que Tchékhov vend ou fait déserter, flamberont, en 1905, en 1917. Mais elles étaient déjà condamnées, la magie les avait désertées.

La Fiancée

La Fiancée, sans rien céder sur le fond, rachète la tristesse de *Chez des amis* par la lumière et le printemps dans lequel baigne ce récit cyclique, qui s'écoule de mai à mai. Dans *Chez des amis*, on fermait les volets sur la vie ancienne, abandonnée comme une maison que l'on condamne : *La Fiancée*, au contraire, ouvre sur un horizon nouveau.

Quelle est cette « vie nouvelle » qui étreint de ravissement et d'angoisse Nadia Choumine ? V.V. Véressaiev, écrivain et critique ami de Tchékhov, voyait Nadia « partir pour la révolution », comme faisaient nombre de jeunes filles russes en 1903. Vingt-cinq ans plus tard, il dut reconnaître qu'il avait été aveuglé à l'époque par le contexte à la mode : Nadia, non seulement ne part pas pour la révolution, mais elle *revient*... L'examen des variantes a confirmé que Tchékhov n'avait à aucun moment envisagé d'envoyer Nadia sur la voie de la révolution.

Avec Nadia apparaît, *in extremis* dans l'œuvre de Tchékhov, une nouvelle figure héroïque, tout à fait moderne, une figure de la rupture avec la vie ancienne, un personnage qui change, qui a ses chances, alors que rien ni personne, de Baboulia à Sacha, ne change autour d'elle.

On peut dire que Nadia représente une synthèse et un dépassement de toutes les héroïnes tchékhoviennes. Conformiste d'abord, prisonnière naïve de la mythologie familiale, de ce royaume de femmes (*bab'e carstvo*) où elle admire ses aînées, la grand-mère Baboulia, qui ne manque pas d'allure en dépit de ses travers, de son conformisme angoissé, de sa religiosité officielle de surface, sa mère Nina Ivanovna, élégante, sèche et compliquée, Nadia, de dix-sept à vingt-trois ans, est une jeune fille guère différente de Tania, elle rêve de mariage, de mari et d'enfants bien à elle.

Mais Nadia est humaine et moderne en ceci que, seule de son entourage, elle est capable d'évoluer et, seule de tout le récit, elle change en même temps que la nature change autour de la maison, comme le remarque V. Kataev reprenant D. Maxwell[1].

La vie dans la grande et belle demeure se répète, pour la plus grande satisfaction de la grand-mère qui y voit la preuve que la ruine ne menace pas sa maison, et même pour Nina Ivanovna que cette monotonie à la fois empêche et dispense de vivre. Ces deux femmes, figures du destin qui attend Nadia, sont deux héroïnes tchékhoviennes à l'ancienne, volontairement figées dans leur routine, deux femmes qui ont sciemment renoncé à vivre et remplacé la vie par le mécanisme, le rite et l'habitude. L'opposition fondamentale entre Nadia et les autres personnages est l'opposition entre le mouvement et l'immobilité, le départ et la sédentarité, l'originalité et la répétition.

Cela se marque dans l'écriture même de la nouvelle. Nadia est peu décrite, on sait tout juste qu'elle est grande, forte, élégante, et d'une beauté russe pleine de vigueur et d'élan. Les autres, Baboulia, Nina Ivanovna, André Andréitch, et même, et surtout Sacha, sont caractérisés, à plusieurs reprises, par des traits maniaques, de manière gogolienne.

---

1. Voir V.B. KATAEV 1979, s. 300.

Le récit se montre parfaitement déceptif. On se serait attendu à ce que la fuite de Nadia provoque un beau drame : à peine une perte de connaissance et trois jours au lit chez Baboulia, moins qu'une angine... Tout rentre très vite dans l'ordre, c'est-à-dire dans la routine : Nadia fait ses études à Saint-Pétersbourg, reçoit de l'argent de sa grand-mère, comme une fille de province montée à la capitale étudier avec le consentement et l'aide de ses parents. Le seul « drame » est mondain, mais il est réel : la mère et la grand-mère n'osent plus sortir dans la rue, de peur de rencontrer les André père et fils, et la grande maison, devenue leur cachot, se referme sur elles. Au fond, là encore, il ne s'est (presque) rien passé : Nadia revient même pour les vacances et, tout en se sentant résolument étrangère à la maison, elle y reste de mai à septembre !...

Sacha, si occupé à « retourner » la vie des jeunes femmes, n'est même pas un partenaire amoureux éventuel. On s'attendrait à ce qu'il se fasse aimer de Nadia qui, le jour de sa décision, le regarde « amoureusement », attendant de lui des paroles fortes et graves. Tout ce qu'il sait faire, c'est éclater d'une joie enfantine, en trépignant de ses pantoufles. « La victoire en pantoufles » et « le chant du départ »... en seconde classe de train ! Son langage contestataire est truffé des clichés de l'époque, sur le monde dont il faudra faire un jardin, tout une phraséologie venue tout droit de la sous-culture messianique révolutionnaire du temps, Gorki ayant souvent donné dans ce langage « absurde et bizarre », pour reprendre les expressions de Nadia elle-même.

Tchékhov détestait ce qui allait devenir bientôt la « langue de bois » révolutionnaire, cette *pošlost'* langagière caractérisée par l'usage pompeux de formules éculées et surtout par leur retour mécanique et rituel. En 1903, Tchékhov lisait *Osvoboždenie / Libération*, le journal révolutionnaire fondé à Paris par les libéraux alliés aux révolutionnaires

P.B. Struve et P.N. Milioukov, et il lui reprochait
d'être ennuyeux, répétitif, laid en un mot. Sacha est
lui-même défraîchi, chiffonné comme un vieux
numéro de journal révolutionnaire.

Nadia est un symbole vivant, comme en
témoigne le titre même du récit, *La Fiancée*. Elle
s'enrichit de toutes les connotations mythologiques
et folkloriques du personnage de la fiancée. Fausse
fiancée, fiancée vendue (aux intérêts de l'alliance
locale de la noblesse propriétaire — Baboulia — et
du clergé officiel — le Père André), fiancée au bois
dormant, qui s'éveille à la vraie vie après une
longue latence, Nadia, nature féminine somptueuse
chargée de toutes les promesses de fécondité du
personnage de la fiancée, est lourde aussi de nom-
breuses connotations littéraires : elle fait penser à
un grand nombre d'héroïnes russes, Tatiana Larina
de Pouchkine (*Eugène Onéguine*, 1823-1830),
Natacha Rostova de Tolstoï (*Guerre et Paix*, 1869),
entre autres, pour ne pas parler des jeunes filles
tourguéniéviennes.

Accordés au renouveau de mai et à l'exubérance
végétale qui assiège la maison figée dans son passé
qui s'éternise, le personnage de Nadia, toute son
histoire et sa nostalgie de l'avenir, sont contenus
dans les premières lignes du récit :

> « Le jardin était silencieux et frais ; des ombres
> noires et calmes s'allongeaient sur le sol. On entendait
> coasser les grenouilles, loin, bien loin, sans doute en
> dehors de la ville. C'était mai, le doux mois de mai. On
> respirait à pleins poumons, et l'on se plaisait à imaginer
> que, loin de la ville, quelque part sous le ciel, au-dessus
> des arbres, dans les champs et les bois se déroulait
> maintenant la vie mystérieuse du printemps, belle,
> opulente et sainte, inaccessible à l'entendement de
> l'homme faible et coupable. Et l'on avait, Dieu sait
> pourquoi, envie de pleurer.
>
> Nadia avait déjà vingt-trois ans... »

Il y a quelque chose du « sacre du printemps »
dans cette description d'un printemps cosmique, en

apparence si étranger, si contraire à tout ce qui se passe, ou, plutôt, ne se passe pas, dans la maison de Baboulia : même appel de la vie, mêmes larmes involontaires de celui qui ne comprend pas, Nadia qui attend.

« Fiancée du futur », cette « vierge pure » (*čistaja deva*) renvoie au messianisme du socialisme utopique, et à Tchernychevski (1828-1889), l'auteur de *Que faire ?* (1863). Mais Nadia au jardin est autrement belle que le tableau du monde peint par ce Tchernychevski-Sacha, « retourneur » de jeunes femmes, laboureur de vie, avec les incongrues « fontaines extraordinaires » de son style chaotique et grinçant. La différence entre Tchékhov et tous les Sacha russes du temps, de Véressaiev à Gorki, est que, s'il sait qu'une vie nouvelle va commencer, ne peut pas ne pas commencer, lui, au moins, ne se risque pas à décider ce qu'elle doit être : la fin du récit est véridique parce qu'elle est ouverte, Nadia s'attarde peut-être dans la ville où elle est, longuement, revenue, où elle reviendra sans doute encore, contrairement à ce qu'elle croit, mais elle ne s'est inscrite nulle part, sinon à l'Université : la seule réalité que Tchékhov s'autorise à peindre n'est pas ce vers quoi Nadia part, mais la réalité qu'elle a quittée, avec laquelle elle a rompu. Si Nadia *revient*, en attendant, pour attendre, elle ne *retombe* pas.

Ainsi, Tchékhov, une dernière fois, avec *La Fiancée*, aura « posé correctement la question » : Nadia ne part ni « pour le peuple », comme un « narodnik » du siècle passé, ni « pour la révolution », comme une femme terroriste de 1903, elle part pour vivre, pour vivre par elle-même et non plus dans l'ornière d'une vie de femme à l'ancienne. Et c'est elle qui, par son geste, rend possible cette vie nouvelle à laquelle la grand-mère et la mère ont renoncé, et dont Sacha n'a fait que parler confusément.

C'est donc à un curieux Tchékhov que nous initient les quatre nouvelles que nous présentons. Tchékhov y apparaît tenté par ce qui était le pire à ses yeux, la polémique — ici avec Tolstoï, qu'il admirait par-dessus tout, même dans sa foi[1] — et le prêche moral et politique : c'est pourquoi ces quatre récits lui étaient, à des degrés divers, désagréables. On les omet souvent, pour tel ou tel d'entre eux, dans les anthologies tchékhoviennes.

Mais l'examen des incertitudes du génie renseigne peut-être davantage sur la nature de celui-ci que les chefs-d'œuvre moins accessibles : en même temps que Tchékhov écrit *Une rencontre*, *Les Feux*, *Chez des amis*, *La Fiancée*, il songe à ce qui va être ses plus éclatantes réussites, des *Trois Sœurs* à *La Cerisaie*. *A posteriori*, une nouvelle comme *La Fiancée* permet de mieux comprendre ce que nous croyions si bien connaître, *La Cerisaie*. L'œuvre du dernier Tchékhov était moderne, ouverte sur l'avenir : Tchékhov, les éditions actuelles de son œuvre, les innombrables mises en scène de ses pièces en témoignent, est le héros de notre temps[2].

Wladimir TROUBETZKOY.

1. Tchékhov écrivait, le 28 janvier 1900, à M.O. Menchikov : « Je crains la mort de Tolstoï. S'il mourait, il y aurait brusquement un grand vide dans ma vie. D'abord parce que je n'ai jamais aimé personne autant que lui. Je suis incroyant, mais de toutes les fois c'est la sienne que je considère comme la plus proche de moi, comme me convenant le mieux. Deuxièmement, tant que dans la littérature il y a Tolstoï, il est facile et agréable d'être littérateur. »

2. Peter Brook a dit à Gildas Bourdet qu'il considérait qu'il y avait deux grands génies du théâtre, Shakespeare et Tchékhov. Tolstoï ne l'avait pas si mal vu, car la haine de la littérature, quand on est un génie, rend clairvoyant : Tchékhov raconte en souriant qu'il a reçu de Tolstoï « une consolation », le vieux patriarche lui ayant dit qu'il écrivait « aussi mal qu'Ibsen » et « encore plus mal que Shakespeare ».

UNE RENCONTRE

Et pourquoi a-t-il les yeux luisants, l'oreille petite, la tête courte et presque ronde, comme les fauves les plus féroces ?

Maximov.

Efrème Denissov regarda mélancoliquement la terre déserte autour de lui. La soif le tourmentait, et il souffrait de courbatures dans tous les membres. Son cheval, qui lui aussi était fatigué, brisé par la chaleur, et n'avait pas mangé depuis longtemps, baissait tristement la tête. La route descendait une butte en pente douce et s'engageait dans une immense forêt de pins. Les cimes des arbres se fondaient au loin avec le bleu de la voûte céleste ; on ne voyait que le vol paresseux des oiseaux et ce frémissement de l'air qu'on observe par les journées les plus chaudes de l'été. La forêt s'élevait en terrasses, de plus en plus haut, et il semblait que cette verdure monstrueuse et effrayante n'eût pas de fin.

Efrème venait de son village natal, du gouvernement de Koursk, faire une quête au profit d'une église incendiée. Dans sa télègue était placée une icône de la Vierge de Kazan[1] que les pluies et la chaleur avaient boursouflée et écaillée. Devant l'icône, il y avait un grand tronc en fer-blanc, aux parois cabossées, avec sur le couvercle une fente si large qu'on aurait pu y introduire sans peine un bon biscuit de pain d'épice.

Un écriteau blanc, cloué à l'arrière de la télègue, annonçait en gros caractères d'imprimerie qu'à telle date de telle année, au village de Malinovtsy, « par la volonté du Seigneur, les flammes de l'incendie avaient dévoré l'église », et que la communauté avait décidé, avec l'autorisation et la bénédiction des autorités compétentes, d'envoyer « des volontaires » faire une quête pour la reconstruction du temple. Sur un côté de la télègue, attachée à une traverse, pendait une cloche qui pesait vingt livres.

Efrème n'arrivait pas à situer l'endroit où il se trouvait, et l'immense forêt où allait disparaître la route ne promettait pas d'habitation proche. Il s'arrêta quelques instants, arrangea l'avaloire de son cheval, et, avec précaution, entreprit de descendre la pente. La télègue tressaillit, et la cloche émit un son qui, pour quelques instants, rompit le silence de mort de cette journée torride.

Dans la forêt, une atmosphère suffocante, saturée d'odeur d'aiguilles de pin, de mousse et de feuilles pourrissantes accueillit le voyageur. On n'entendait que le chant léger et sonore des moustiques importuns et le pas assourdi d'Efrème. Perçant la verdure, les rayons du soleil glissaient le long des troncs et des branches inférieures et se posaient en petits cercles sur la terre sombre, entièrement tapissée d'aiguilles. Çà et là, une fougère ou une maigre prunelle pointaient auprès d'un tronc d'arbre ; autour, le désert.

Tout en encourageant son cheval, Efrème marchait à côté de la télègue. Parfois, lorsque les roues butaient contre une racine qui rampait à travers la route comme un serpent, la cloche émettait un tintement plaintif, comme si elle était, elle aussi, épuisée de fatigue.

— Bonjour, grand-papa ! — une voix dure et criarde avait retenti soudain près d'Efrème — bonne route !

Un moujik d'une trentaine d'années, aux jambes très longues, était couché tout au bord de la route, la tête posée sur une fourmilière ; il était vêtu d'une chemise de coton et d'un pantalon étroit, qui n'était pas de coupe paysanne, et dont le bout était enfoncé dans les tiges de ses bottes courtes et rougeâtres. Près de sa tête traînait une casquette de fonctionnaire, tellement délavée que seule une petite tache, trace d'une cocarde, permettait d'en deviner la couleur primitive. Le repos du moujik n'avait rien de paisible : pendant qu'Efrème l'examinait, il remuait sans cesse bras et jambes comme s'il était dévoré de moustiques ou tourmenté par la gale. Mais son visage était plus étrange encore que son costume ou que ses mouvements. De toute sa vie Efrème n'avait rencontré de visage pareil. Pâle, les cheveux clairsemés, le menton proéminent, un toupet pointant au-dessus du front, il ressemblait de profil à un croissant de lune ; le nez et les oreilles étaient incroyablement petits, les yeux ne cillaient pas et regardaient fixement un point de l'espace, comme ceux d'un simple d'esprit ou d'un homme frappé d'étonnement, et, pour comble d'étrangeté, toute la tête était fortement aplatie sur les côtés, ce qui faisait ressortir en demi-cercle régulier la partie inférieure de son crâne.

— Dis-moi, chrétien[2], lui demanda Efrème, y a-t-il loin d'ici jusqu'au village ?

— Non, pas trop loin. Le bourg de Maloié est à cinq verstes[3] environ.

— J'ai soif à n'y plus tenir !

— Comment n'aurait-on pas soif ? dit l'étrange moujik avec un sourire. Il fait une chaleur épouvantable ! Une chaleur de cinquante degrés, sinon plus... Comment t'appelle-t-on ?

— Efrème, mon gars.

— Et moi, je m'appelle Kouzma. Tu connais le dicton des marieuses : « J'ai Kouzma sous la main, le mariage est pour demain. »

Posant son pied sur la roue, il se hissa, allongea les lèvres et baisa l'icône.

— Tu vas loin ? demanda-t-il.

— Loin, mon ami !... J'ai été dans le gouvernement de Koursk, et même à Moscou, et maintenant je me hâte d'arriver à Nijni, pour la foire[4].

— Tu quêtes pour une église ?

— Pour une église, mon gars. Pour la Reine des Cieux de Kazan... Elle a brûlé, notre église !

— Pourquoi a-t-elle brûlé ?

La langue épaisse de fatigue, Efrème se mit à raconter comment, à la veille de la Saint-Élie[5], la foudre était tombée sur l'église de Malinovstsy. Comme par un fait exprès, les moujiks et le clergé se trouvaient alors dans les champs.

— Ceux des gars qui étaient restés au village avaient bien aperçu la fumée, ils voulaient faire sonner le tocsin, mais il faut croire que le prophète Élie était en colère contre nous : l'église était fermée à clef, et voilà que le clocher tout entier est saisi par les flammes : pas moyen d'y arriver, au tocsin... Nous revenons des champs et voyons l'église déjà tout embrasée. Seigneur ! On avait peur d'en approcher !

Kouzma écoutait tout en suivant le voyageur. Il était à jeun, mais sa démarche était celle d'un homme ivre : il balançait les bras, marchait tantôt à côté de la télègue et tantôt devant...

— Alors, on te donne un salaire, ou quoi ? s'enquit-il.

— Quel salaire ? C'est pour le salut de mon âme que je le fais ; la communauté m'a envoyé...

— Tu le fais donc gratis ?

— Qui veux-tu qui me paie ? Je ne suis pas parti de mon propre gré, c'est la communauté qui m'envoie, mais c'est elle aussi qui fera rentrer ma récolte, qui fera des semailles pour moi et qui paiera mes redevances[6]... Donc, ce n'est pas gratis !

— Et de quoi vis-tu ?

— Je demande l'aumône au nom du Christ.

— Et ce petit cheval hongre, est-ce qu'il est à la communauté ?

— Mais oui...

— Tiens, tiens... Dis donc, tu n'aurais pas de tabac, des fois ?

— Je ne fume pas, mon gars.

— Et si ton cheval crève, que feras-tu ? Comment voyageras-tu ?

— Pourquoi crèverait-il ? Il ne crèvera pas...

— Et si... si des brigands t'attaquaient ?

Et ce bavard de Kouzma posa encore une foule de questions : que deviendraient l'argent et le cheval, si Efrème lui-même venait à mourir ? Où les gens mettraient-ils leurs dons, si le tronc était rempli jusqu'aux bords ? Qu'arriverait-il, si le fond du tronc se détachait ? Efrème n'arrivait pas à répondre et ne faisait que souffler en regardant son compagnon de route avec étonnement.

— Eh ! mais il est bien ventru ! jacassait Kouzma en poussant le tronc du poing ; dis donc, ce qu'il est lourd ! Il y a sans doute un tas de pièces d'argent dedans, hein ? Et s'il n'y avait que des pièces d'argent ? Écoute, en as-tu amassé beaucoup en chemin ?

— Je ne les ai pas comptées, je n'en sais rien. Les uns y mettent des pièces de cuivre, d'autres, des pièces d'argent, mais combien ? Je ne le vois pas.

— Et des billets, y en a-t-il ?

— Des riches en donnent, des nobles et des marchands.

— Eh bien, les billets, tu les gardes aussi dans le tronc ?

— Mais non, voyons ! Le papier est fragile, il pourrait s'abîmer... Je garde les billets sur ma poitrine.

— Et combien en as-tu amassé ?

— Dans les vingt-six roubles.

— Vingt-six roubles, dit Kouzma en haussant les épaules, chez nous, à Katchabrov — demande à qui tu voudras — rien que pour les plans de l'église, on a donné trois mille roubles ! Ton argent ne suffirait même pas à acheter les clous. De nos jours, vingt-

six roubles, ça ne vaut pas plus qu'un crachat ! Le
thé, mon vieux, coûte aujourd'hui un rouble et
demi la livre, et on n'en veut pas... Tu vois le tabac
que je fume ? A moi, il me va, je ne suis qu'un
moujik, un homme simple, mais un officier ou un
étudiant...

Kouzma joignit brusquement les mains, et, en
souriant toujours :

— A la salle de police, dit-il, il y avait avec moi
un Allemand qui travaille aux chemins de fer ; alors
celui-là, mon vieux, il fumait des cigares à dix
kopecks la pièce ! Hein ? Dix kopecks ! On en
fumerait facilement pour cent roubles par mois,
qu'en dis-tu, grand-père ?

Il faillit s'étrangler à cet agréable souvenir, et ses
yeux immobiles se mirent à ciller.

— Tu as donc été à la salle de police ? demanda
Efrème.

— Et comment donc, dit Kouzma en regardant
le ciel, on ne m'a relâché qu'hier. J'y suis resté un
mois entier.

Le soir tombait ; le soleil se couchait déjà, sans
que diminuât la chaleur étouffante. Épuisé, Efrème
écoutait à peine son compagnon de route. Un moujik qu'ils finirent par rencontrer leur apprit que le
bourg de Maloié n'était plus éloigné que d'une
verste. Encore un bout de route, et la télègue quitta
la forêt ; une grande clairière apparut, et, comme
suscité par un pouvoir magique, un tableau vivant,
plein de lumière et de bruit, surgit devant les voyageurs. La télègue se heurta à un troupeau de
vaches, de brebis et de chevaux aux jambes entra-
vées. Au-delà du troupeau verdoyaient des prés,
des champs de blé et d'orge ; les fleurs de sarrasin
s'y détachaient en blanc ; plus loin, on apercevait le
bourg de Maloié et son église basse, comme aplatie
contre la terre. Une autre forêt, qui paraissait toute
noire, s'étendait au loin, derrière le village.

— Voici Maloié, dit Kouzma, les moujiks y

vivent comme des coqs en pâte, mais ce sont des brigands.

Efrème se découvrit et fit sonner sa cloche. Aussitôt deux moujiks qui se tenaient près du puits, à l'orée du village, s'approchèrent de la télègue. Ils baisèrent l'icône et se mirent à poser les questions habituelles : où vas-tu ? d'où viens-tu ?

— Eh bien, parent, donne à boire à l'homme de Dieu, se mit à jacasser Kouzma en tapant à tour de rôle sur les épaules des deux hommes, plus vite que ça !

— Comment serais-je ton parent ? Depuis quand ?

— Votre pope est le cousin germain du nôtre ! Ta grand-mère a traîné mon grand-père par la barbe depuis le village de Krasnoié !

Pendant tout le temps que mit la télègue à parcourir le village, Kouzma n'arrêtait pas de jacasser et d'accrocher les passants. Il arracha le bonnet de l'un, donna un coup de poing dans le ventre d'un autre, tira la barbe du troisième. Il appelait les paysannes ses chéries, ses mignonnes, ses petites mères ; quant aux moujiks, selon leurs signes particuliers, il les traitait de rouquin, de cheval bai, de gros pif, de borgne, etc. Ces facéties provoquaient le rire le plus gai, le plus franc. Bientôt il retrouva des connaissances. Des exclamations fusèrent : « Ah ! c'est toi, Kouzma Chkvorenn ! Bonjour, le Pendu ! Depuis quand es-tu sorti de prison ? »

— Donnez à l'homme de Dieu, les gars, répétait Kouzma en balançant ses bras, grouillez-vous ! Et plus vite que ça !

Il prenait des airs importants et criait fort, s'érigeant en protecteur ou en guide de « l'homme de Dieu ».

On indiqua à Efrème, pour y passer la nuit, l'isba de la grand-mère Avdotia, où s'arrêtaient habituellement les pèlerins et les passants. Efrème détela son cheval sans se presser et le conduisit à l'abreu-

voir, près du puits, où il resta une bonne demi-
heure à bavarder avec les moujiks. Ensuite il alla se
reposer. Kouzma l'attendait déjà dans l'isba.

— Ah ! te voilà ! dit l'étrange moujik, l'air réjoui.
Iras-tu au cabaret boire du thé ?

— Du thé ? Ce ne serait pas mal, dit Efrème en
se grattant, pas mal, bien sûr, mais j'ai pas de quoi,
mon gars. Tu m'invites, ou comment ?

— T'inviter... Avec quel argent ?

Déçu, Kouzma piétina sur place, puis s'assit,
songeur. Quant à Efrème, tout en poussant des
soupirs et en se grattant, avec des gestes maladroits,
il posa l'icône et le tronc sous les images saintes[7],
puis se déshabilla, se déchaussa et s'assit ; au bout
d'un instant, il se leva, plaça le tronc sur le banc, se
rassit et se mit à manger. Il mastiquait lentement,
comme font les vaches, et avalait de l'eau bruyam-
ment.

— Qu'on est pauvre ! soupira Kouzma. Il serait
bon de boire maintenant un peu de vodka... et du
thé...

Deux fenêtres qui donnaient sur la rue ne laissaient passer qu'une lumière parcimonieuse. Déjà,
de grandes ombres étaient tombées sur le village,
les isbas devenaient sombres ; l'église, dont les
contours s'estompaient, s'élargissait et semblait
rentrer sous terre... Une faible lueur rouge, sans
doute un reflet du couchant, brillait doucement sur
la croix du clocher.

Son repas terminé, Efrème demeura longtemps
immobile, les mains croisées sur les genoux, le
regard fixé à la fenêtre. A quoi pensait-il ? Dans le
silence du soir, quand on ne voit devant soi qu'une
fenêtre trouble, derrière laquelle la nature doucement s'apaise, quand on entend l'aboiement enroué
de chiens inconnus et le faible glapissement d'un
accordéon, il est difficile de ne pas songer à son
foyer lointain. Celui qui mène une vie errante, celui
que la misère, la contrainte ou un caprice ont jeté

loin des siens, celui-là sait combien une calme soirée dans une campagne inconnue peut paraître
longue et pénible.

Ensuite, Efrème, debout devant les icônes, récita
longuement ses prières. En s'installant sur un banc
pour la nuit, il poussa un grand soupir et dit,
comme malgré lui :

— Tu es un drôle de gars, toi... Dieu sait comment tu es fait !

— Pourquoi ça ?

— Parce que... Tu ne ressembles pas à un
homme. Tu ricanes, tu parles sans raison, tu sors
d'une salle de police...

— La belle affaire ! Il y a des messieurs très bien,
des fois, à la salle de police. La salle de police, mon
vieux, ce n'est rien du tout, je veux bien y passer
toute une année, mais la prison, ce n'est pas pareil.
A dire vrai, j'ai déjà fait de la prison trois fois, et il
ne se passe pas de semaine sans qu'on me fouette
au tribunal rural... Ils sont tous montés contre moi,
les salauds... La communauté veut me faire relé-
guer en Sibérie ! Ils ont déjà prononcé le verdict[8].

— Tu ne l'as sans doute pas volé !

— Et moi, je m'en fiche ! On peut vivre en
Sibérie comme ailleurs !

— Et tes parents, sont-ils encore en vie ?

— Ils m'embêtent, ceux-là ! Oui, ils vivent
encore, ils ne sont pas encore crevés...

— Tes père et mère honoreras, qu'en fais-tu ?

— Je m'en fiche... A mon idée, mes parents sont
mes pires ennemis, ce sont eux qui m'ont perdu !
Qui a monté la communauté contre moi ? Eux, et
puis mon oncle Stéphane... Il n'y en a pas
d'autres...

— Qu'en sais-tu, imbécile ? La communauté n'a
pas besoin de ton oncle Stéphane pour voir quel
homme tu es... Et pourquoi les moujiks d'ici
t'appellent-ils le Pendu ?

— C'est parce que, quand je n'étais encore

qu'un gamin, nos moujiks ont manqué de me tuer.
Ils m'ont pendu à un arbre, par le cou, les maudits.
Dieu merci, les moujiks d'Ermolinsk, qui passaient
par là, m'ont sauvé...

— Un membre nuisible de la société ! dit Efrème
en soupirant.

Il se tourna contre le mur et se mit bientôt à
ronfler.

Lorsqu'au milieu de la nuit il se réveilla pour aller
voir son cheval, Kouzma n'était pas dans l'isba.
Une vache blanche était arrêtée devant la porte
grande ouverte, coulant un regard dans l'entrée et
cognant ses cornes contre le chambranle. Les
chiens dormaient. L'air était calme et immobile. Au
loin, derrière les ombres, au milieu du silence nocturne, un râle criait, et une chouette poussait de
longs sanglots.

Mais lorsque, à l'aube, Efrème s'éveilla pour la
seconde fois, Kouzma était assis à la table, sur un
banc ; il semblait réfléchir. Un sourire béat
d'ivrogne était figé sur son visage pâle. Des pensées
radieuses et excitantes trottaient sans doute dans sa
tête aplatie ; il respirait vite, comme s'il avait esca-
ladé une montagne.

— Ah ! homme de Dieu, dit-il, voyant Efrème
réveillé, et il ajouta en ricanant : veux-tu du pain
blanc ?

— Où as-tu été ? lui demanda Efrème.

— Hi-i-i ! fit Kouzma, hi-i-i !

Dix fois, sans se départir de son étrange sourire
figé, il répéta « hi-i-i » et fut finalement secoué d'un
rire convulsif.

— J'ai bu du... du thé, dit-il, et puis de... de la
vodka.

Et il se mit à raconter longuement comment,
dans un cabaret, il avait bu du thé et de la vodka en
compagnie de rouliers de passage ; tout en parlant,
il tirait de ses poches des allumettes, un quart de
tabac, quelques petits pains blancs... ·

— C'est des allumettes chvédoises, tiens ! Pcht...
disait-il en brûlant plusieurs allumettes à la file et en
allumant une cigarette, des chvédoises, des vraies !
Vise-moi ça !

Efrème bâillait et se grattait, quand brusquement, comme sous l'effet d'une piqûre, il sauta sur
ses pieds, releva sa chemise et se mit à tâter sa
poitrine nue ; puis, piétinant sur place, comme un
ours, il prit ses hardes une à une et les examina,
regarda sous le banc, tâta encore sa poitrine...

— L'argent a disparu ! dit-il.

Pendant une demi-minute il demeura immobile,
regardant le banc d'un air hébété, puis se remit à
chercher.

— Sainte Vierge, l'argent a disparu ! Tu
m'entends ? s'adressa-t-il à Kouzma, l'argent a disparu !

L'autre examinait attentivement le dessin de la
boîte d'allumettes et se taisait.

— Où est l'argent ? dit Efrème en faisant un pas
dans sa direction.

— Quel argent ? dit Kouzma négligemment
entre ses dents, sans détacher le regard de la boîte
d'allumettes.

— Mais l'argent... celui que je gardais sur ma
poitrine !

— Pourquoi m'embêtes-tu ? Cherche, si tu l'as
perdu !

— Mais où chercher ? Où est-il ?

Kouzma regarda le visage empourpré d'Efrème
et brusquement s'empourpra lui-même.

— Quel argent ? cria-t-il en se levant.

— L'argent ! Les vingt-six roubles !

— C'est moi qui les ai pris peut-être ? tu
m'embêtes, salaud !

— S'agit pas de salaud ! Dis-moi plutôt où est
l'argent ?

— C'est moi qui l'ai pris ? Moi ? Dis un peu :
c'est moi ? Je t'en ferai voir, de l'argent, maudit,
après tu ne reconnaîtras plus père et mère !

— Si ce n'est pas toi, pourquoi caches-tu ta gueule ? Bien sûr que c'est toi ! Et avec quel argent as-tu fait la noce toute la nuit au cabaret, et comment as-tu acheté ton tabac ? Tu n'es qu'un homme stupide, un homme ridicule ! Est-ce à moi que tu as fait du tort ? Non, c'est au bon Dieu !

— Je l'ai pris... moi ? Quand ça ? cria Kouzma d'une voix stridente.

Il leva le bras et de son poing frappa Efrème en plein visage.

— Tiens, voilà pour toi ! En veux-tu d'autres ? Je me fiche que tu sois un homme de Dieu.

Efrème se contenta de secouer la tête et, sans mot dire, commença à se chausser.

— Espèce d'escroc, criait Kouzma de plus en plus excité, il a bu son argent lui-même, et maintenant il accuse les gens, ce vieux chien ! J'irai au tribunal, moi ! Tu tâteras de la prison pour diffamation et tu n'en sortiras pas de sitôt !

— Puisque ce n'est pas toi qui l'as pris, tais-toi donc, dit Efrème avec calme.

— Tiens, tu peux me fouiller !

— Pourquoi veux-tu que je te fouille, si tu n'as rien pris ? Ce n'est pas toi, alors ça va... Inutile de crier : tu ne crieras pas plus fort que Dieu.

Efrème se chaussa et sortit de l'isba. Lorsqu'il revint, Kouzma, toujours aussi rouge, était assis à la fenêtre et allumait une cigarette avec des mains qui tremblaient.

— Vieux diable, grommelait-il, ils sont nombreux à se traîner par ici et à rouler le monde ! Seulement, avec moi, tu tombes mal, mon vieux. Tu ne me rouleras pas. Je ne connais que trop bien toutes ces affaires. Envoie donc chercher le staroste[9] !

— Pourquoi faire ?

— Pour dresser le procès-verbal. Qu'on nous juge au tribunal rural !

— Inutile de nous juger. L'argent n'est pas à moi, il est à Dieu. Que Dieu nous juge !

Efrème fit ses prières et, emportant le tronc et l'icône, sortit de l'isba.

Une heure plus tard, sa télègue pénétrait dans la forêt. Le village de Maloié, son église basse, la clairière et les champs étaient déjà loin et disparaissaient dans le brouillard léger du matin. Le soleil était levé, mais, dissimulé derrière la forêt, il ne dorait que les bords des nuages qui étaient orientés vers l'est.

Kouzma suivait la télègue à distance. Il avait l'air d'un homme qu'on aurait gravement et injustement offensé. L'envie de parler le démangeait, mais il se taisait, en attendant qu'Efrème rompît le silence.

— Ça ne me dit rien d'avoir des histoires avec toi, sinon je t'en ferais voir de toutes les couleurs, dit-il comme parlant à lui-même. Je t'aurais appris à calomnier les gens, espèce de diable chauve...

Une demi-heure s'écoula ainsi en silence. L'homme de Dieu, qui faisait ses prières tout en marchant, se signa rapidement, poussa un profond soupir et se mit à chercher du pain dans sa télègue.

— Nous arriverons bientôt à Telibéievo, commença Kouzma, notre juge de paix habite par là. Tu n'as qu'à porter plainte !

— Tu parles pour ne rien dire. En quoi cela regarde-t-il le juge de paix ? Est-ce que l'argent est à lui ? L'argent est à Dieu. C'est devant Dieu que tu t'expliqueras.

— Il ne sait que rabâcher : Dieu ! Dieu ! On dirait une corneille. Voici l'affaire : si j'ai volé, il faut me juger, sinon, c'est toi qui répondras de ta calomnie.

— Comme si j'avais le temps de courir les tribunaux !

— C'est donc que tu ne regrettes pas l'argent ?

— Pourquoi le regretterais-je ? L'argent n'est pas à moi, il est à Dieu...

Efrème répondait à contrecœur, sans s'émouvoir, et son visage était indifférent et impassible,

comme si vraiment il ne regrettait pas l'argent ou
avait oublié sa perte. Cette indifférence embarras-
sait et irritait Kouzma, car pour lui, elle était
incompréhensible.

Il est normal de répondre à l'offense par la ruse
ou la violence ; l'outrage provoque une lutte qui
transforme l'offenseur en offensé. Si Efrème avait
agi comme tout le monde, c'est-à-dire s'il avait été
furieux, s'il avait cherché querelle à l'offenseur, s'il
avait porté plainte, si le juge de paix avait
condamné Kouzma à la prison ou enterré l'affaire
« faute de preuves », Kouzma eût été tranquillisé ;
mais maintenant, cheminant derrière la télègue, il
avait l'air d'un homme à qui il manquait quelque
chose.

— Je n'ai pas pris ton argent ! dit-il.

— Tu ne l'as pas pris, alors n'en parlons plus.

— Quand nous serons à Télibéievo, j'appellerai
le staroste. Qu'il débrouille l'affaire !

— Il n'aura rien à y débrouiller. L'argent n'est
pas à lui. Et toi, mon gars, tu ferais mieux de me
laisser tranquille. Va ton chemin ! Je t'ai assez vu.

Kouzma le regarda longtemps à la dérobée, perplexe, essayant de deviner les pensées de son
compagnon et le terrible dessein qu'il devait dissi-
muler dans son cœur ; finalement, il décida de
changer de ton.

— Gros malin, on ne peut même pas rire avec
lui, tout de suite il prend la mouche... Eh bien... le
voilà, ton argent ! Ce n'était qu'une plaisanterie !

Il sortit de sa poche quelques billets d'un rouble
et les tendit à Efrème.

Comme s'il s'y attendait, sans manifester d'étonnement, ni de joie, celui-ci prit l'argent et le fourra
dans sa poche en silence.

— J'avais envie de rigoler, continua Kouzma en
scrutant le visage impassible de l'autre, je voulais te
faire peur. Tiens, que je me suis dit, je vais
l'effrayer, et puis, le lendemain, je lui rendrai son

argent. Il y avait en tout vingt-six roubles, il en reste neuf ou dix... Les rouliers m'ont tout pris... Ne te fâche pas, grand-père ! Ce n'est pas moi qui l'ai bu, ce sont les rouliers... Je le jure devant Dieu !

— Pourquoi me fâcherais-je ? L'argent est à Dieu. Ce n'est pas moi que tu as offensé, mais la Reine des Cieux...

— Je n'en ai bu que pour un rouble, vrai de vrai...

— Qu'est-ce que cela peut me faire ? Tu peux tout dépenser en boisson, cela m'est égal. Que ce soit un rouble ou un kopeck, pour le bon Dieu c'est pareil. Ce sera le même prix.

— Mais ne te fâche donc pas, grand-père ! Vrai, ne te fâche pas ! Vraiment !

Efrème gardait le silence. Kouzma battit des paupières, et son visage prit une expression puérile et larmoyante.

— Pardonne-moi, pour l'amour du Christ, dit-il en regardant la nuque d'Efrème d'un air suppliant. Ne sois pas fâché, grand-père ! C'était pour rire.

— Ah ! tu m'embêtes à la fin, dit Efrème avec irritation, je te l'ai déjà dit, l'argent n'est pas à moi ! Demande à Dieu qu'il te pardonne ; moi, je n'ai rien à y voir !

Kouzma regarda l'icône, le ciel, les arbres, comme s'il y cherchait Dieu, et son visage se contracta de terreur. Devant le silence de la forêt, les couleurs sévères de l'icône, l'impassibilité d'Efrème, insolite et presque inhumaine, il se sentit seul, sans défense, livré à l'arbitraire d'un Dieu terrible et courroucé.

Il courut en avant, devança Efrème et le regarda dans les yeux comme pour s'assurer qu'il n'était pas tout seul.

— Pardonne-moi, au nom du Christ, dit-il en tremblant de tout son corps, pardonne-moi, grand père !

— Laisse-moi tranquille.

Kouzma jeta encore un regard au ciel, aux arbres, à la télègue, à l'icône, et tomba aux pieds d'Efrème. Dans sa terreur, il balbutiait des mots sans suite, frappait la terre de son front, saisissait les jambes du vieillard et pleurait à haute voix, comme un enfant.

— Mon petit grand-père ! Mon ami ! Homme de Dieu !

Tout d'abord, perplexe, Efrème recula et repoussa le suppliant, puis il se mit lui-même à contempler le ciel avec crainte. Ressentant de l'angoisse et de la pitié pour le voleur, il le sermonna :

— Attends donc, mon gars, écoute-moi ! Mais écoute donc ce que je vais te dire, imbécile ! Eh ! ça chiale comme une bonne femme ! Écoute, si tu veux que Dieu te pardonne, alors dès que tu seras rentré dans ton village, tu iras trouver le pope... Tu m'écoutes ?

Et il se mit à expliquer à Kouzma ce qu'il fallait faire pour effacer le péché : d'abord se confesser au pope, faire pénitence, puis réunir et envoyer à Malinovtsy l'argent volé et dépensé en boisson ; et, dans l'avenir, se conduire proprement, honnêtement, être sobre comme il sied à un chrétien. En l'écoutant, Kouzma se calmait peu à peu ; bientôt il sembla avoir oublié son chagrin ; il taquinait Efrème, il jacassait... Sans s'arrêter de parler un seul instant, il ressortit l'histoire de ces gens qui vivent comme des coqs en pâte, celle de la salle de police, de l'Allemand, de la prison — bref, il répéta tout ce qu'il avait raconté la veille. Et il riait aux éclats, joignait les mains, reculait l'air sérieux, comme s'il racontait quelque chose de nouveau. Il s'exprimait avec aisance, à la manière des gens qui ont roulé leur bosse un peu partout, parsemait son récit de plaisanteries et de proverbes ; cependant il était pénible à écouter, car il se répétait, s'arrêtait souvent, essayant de ressaisir sa pensée égarée, et alors il fronçait les sourcils, tournait sur lui-même, agitait les bras... Et que de vantardises, que de mensonges !

A midi, lorsque la télègue se fut arrêtée à Télibéievo, Kouzma alla au cabaret. Efrème se reposa pendant deux heures, mais l'autre ne quittait toujours pas le cabaret. On l'entendait qui jurait, se vantait et cognait sur le comptoir, tandis que les moujiks ivres se moquaient de lui. Et, au moment où Efrème quittait le village, une bagarre commençait au cabaret : Kouzma menaçait quelqu'un de sa voix stridente et criait qu'il allait envoyer chercher le gendarme.

1887.

LES FEUX

Un aboiement inquiet retentit au-dehors.

L'ingénieur Ananiev, son adjoint l'étudiant von Stenberg et moi, nous sortîmes de la baraque pour voir pourquoi le chien aboyait. J'étais l'hôte de la baraque et j'aurais pu me dispenser de sortir, mais, à vrai dire, d'avoir bu du vin, la tête me tournait un peu, et j'étais content de respirer l'air frais.

— Il n'y a personne, dit Ananiev lorsque nous fûmes dehors, qu'est-ce que tu vas chercher là, Azorka ? Espèce d'imbécile !

Alentour, il n'y avait pas une âme. Cet imbécile d'Azorka, un chien de ferme au poil noir, s'approcha de nous timidement et remua la queue, sans doute pour s'excuser de ses aboiements inutiles. L'ingénieur se pencha et le caressa entre les oreilles.

— Pourquoi aboies-tu sans raison, idiot ? dit-il du ton qu'adoptent les gens débonnaires pour parler aux enfants et aux animaux, aurais-tu fait un mauvais rêve ? Tenez, docteur, je le recommande à votre attention, ajouta-t-il en s'adressant à moi, voilà un sujet incroyablement nerveux ! Figurez-vous qu'il ne supporte pas la solitude ; il a des rêves effrayants, il souffre de cauchemars, et lorsqu'on le gronde, il pique des crises d'hystérie !

— Oui, c'est un cabot délicat, confirma l'étudiant.

Comprenant sans doute qu'on parlait de lui, Azorka leva la gueule et émit un gémissement plaintif comme pour nous dire : « Oui, je connais par moment des souffrances intolérables, et je vous prie de m'excuser ! »

C'était par une nuit d'août, étoilée mais obscure. Jamais encore je ne m'étais trouvé dans une situation aussi inhabituelle que celle où m'avait conduit le hasard, et c'est pourquoi cette nuit étoilée me semblait impénétrable, inhospitalière et plus noire encore qu'elle ne l'était en réalité.

Je me trouvais sur une ligne de chemin de fer en construction. Le haut remblai, encore inachevé, des tas de sable, d'argile et de graviers, des baraques, des trous dans la terre, des brouettes abandonnées çà et là, de petits tertres auxquels s'adossaient les cabanes des ouvriers, tout ce pêle-mêle que l'obscurité avait recouvert d'une teinte uniforme conférait à la terre une physionomie bizarre et sauvage, évoquant l'époque du chaos. Tout ce qui s'étendait là devant moi était si confus qu'il paraissait étrange de voir au milieu de cette terre bouleversée, hideusement ravinée, des silhouettes humaines et de svelte poteaux télégraphiques. Les uns et les autres cadraient mal avec l'ensemble du tableau et semblaient émerger d'un autre monde.

Tout était silencieux ; on n'entendait que le chant monotone du télégraphe qui bourdonnait très haut au-dessus de nos têtes.

Nous escaladâmes le remblai et regardâmes en bas : à quelque cinquante sagènes[1] devant nous, là où les fondrières, les trous et les tas se fondaient complètement avec les ténèbres, clignotait une lumière falote ; un autre feu brillait derrière le premier, puis un troisième ; une centaine de pas plus loin, deux yeux rougeoyaient côte à côte — probablement les fenêtres de quelque baraque ; une longue rangée de ces feux, toujours plus rapprochés les uns des autres, toujours plus ternes, suivait la ligne du chemin de fer jusqu'à l'horizon, tournait à gauche, formant un demi-cercle et disparaissait dans les ténèbres lointaines. Les feux étaient immobiles.

Il y avait une sorte de connivence entre les feux, le silence nocturne et le triste chant du télégraphe, comme si quelque mystère important eût été enterré sous le remblai — mystère que connaissaient seuls les feux, la nuit et les fils télégraphiques...

— Seigneur ! Que l'on est bien ici ! dit Ananiev avec un soupir ; de l'espace et de la beauté, en veux-tu, en voilà ! Et puis, quel remblai ! Ce n'est pas un remblai, mon petit père, c'est un mont Blanc. Il a coûté des millions...

Tout en admirant les feux et le remblai qui avait coûté des millions, l'ingénieur, que le vin avait grisé et rendu sentimental, tapota l'épaule de l'étudiant von Stenberg et continua sur un ton de plaisanterie :

— A quoi rêvez-vous, Mikhaïlo Mikhaïlovitch[2] ? Vous êtes content, pas vrai, de voir l'œuvre de vos mains ? L'année dernière, à cet endroit, il n'y avait que la steppe nue, pas trace d'homme, et maintenant, regardez-moi ça ! C'est la vie, c'est la civilisation ! C'est beau, ma parole ! Nous autres, nous construisons un chemin de fer, et après nous, dans cent ou deux cents ans, de braves gens bâtiront ici des usines, des écoles, des hôpitaux, et la vie battra son plein ! Hein ?

L'étudiant demeurait immobile, les mains dans les poches, le regard rivé aux feux. Il n'écoutait pas l'ingénieur, suivait ses propres pensées, et visiblement n'était pas d'humeur à soutenir une conversation. Après un long silence, il se tourna vers moi et me dit à mi-voix :

— Savez-vous à quoi ressemblent ces feux innombrables ? Ils évoquent pour moi l'image d'un monde disparu, qui a existé des milliers d'années avant nous, quelque chose dans le genre du camp des Amalécites ou des Philistins. On dirait qu'un peuple de l'Ancien Testament a établi ici son camp et qu'il attend le matin pour se battre contre un Saül ou un David[3]. Pour parfaire l'illusion, il ne manque que le son des trompettes ou les voix des sentinelles s'interpellant en éthiopien...

— Peut-être, acquiesça l'ingénieur.

Comme par un fait exprès, une rafale de vent parcourut la ligne et nous apporta un bruit rappelant le cliquetis des armes. Un silence se fit. J'ignore à quoi songeaient mes compagnons, mais quant à moi, il me semblait en effet voir un monde disparu depuis longtemps, et entendre des sentinelles parlant une langue inintelligible. Mon imagination se hâtait d'évoquer des tentes, des hommes étranges, leurs vêtements, leurs armes...

— Oui, murmura l'étudiant, songeur, en ce monde vivaient jadis des Amalécites et des Philistins, qui guerroyaient, qui jouaient un certain rôle, et maintenant il n'y en a plus trace... C'est le sort qui nous attend. Aujourd'hui, nous construisons un chemin de fer, nous philosophons, mais dans deux mille ans il ne restera même pas la poussière de ce remblai, ni de tous ces gens qui dorment après leur dur labeur. Au fond, c'est affreux !

— Il faut bannir de telles pensées, dit l'ingénieur d'un ton sérieux et doctoral.

— Et pourquoi ?

— Parce que... Ces pensées sont bonnes pour ceux qui terminent leur vie, non pour ceux qui la commencent... Vous êtes encore trop jeune pour les avoir.

— Pourquoi donc ? répéta l'étudiant.

— Toutes ces pensées sur notre brève existence, notre insignifiance, la vie sans but, la mort inévitable, les ténèbres de l'au-delà et ainsi de suite, toutes ces nobles pensées, vous dis-je, sont utiles et naturelles dans la vieillesse : elles représentent alors le fruit d'un long travail intérieur, le prix d'une souffrance, et constituent en effet une richesse intellectuelle ; mais pour un jeune cerveau qui ne fait que commencer à vivre, ces pensées sont un vrai malheur. Un malheur ! répéta Ananiev en faisant un geste énergique. A mon avis, il vaudrait mieux, à votre âge, ne pas avoir de cerveau du tout que de cultiver de telles pensées ! Je vous parle sérieusement, baron. Il y a longtemps que j'avais l'intention de vous en parler, car, depuis le premier jour, j'ai remarqué en vous un penchant pour ces idées diaboliques !

— Mon Dieu ! Mais pourquoi sont-elles diaboliques ? demanda l'étudiant en souriant, et l'on devinait à sa voix et à l'expression de son visage qu'il ne répondait à l'ingénieur que par politesse et que la discussion soulevée par celui-ci ne l'intéressait aucunement.

Quant à moi, je tombais de sommeil. J'espérais qu'aussitôt notre promenade terminée nous nous souhaiterions une bonne nuit et que nous irions nous coucher ; mais mon rêve ne devait pas se réaliser de sitôt. Lorsque nous fûmes revenus dans la baraque, l'ingénieur rangea les bouteilles vides sous son lit, sortit deux bouteilles pleines d'une grande panière d'osier, et, après les avoir débouchées, s'installa à sa table de travail, manifestement décidé à boire encore, à parler et à travailler. Tout en avalant une gorgée de temps à autre et en faisant des marques au crayon sur des plans, il continuait à persuader l'étudiant que sa manière de penser ne valait rien.

L'étudiant, assis à côté de lui et occupé à vérifier des comptes, gardait le silence. Comme moi-même, il n'avait envie ni de parler ni d'écouter. Pour ma part, ne voulant pas les déranger dans leur travail et m'attendant à chaque instant à ce qu'on me proposât de me coucher, je me tenais assis à l'écart, sur le lit de camp bancal de l'ingénieur. Je m'ennuyais ferme. Il était minuit passé.

Pour tuer le temps, j'observai mes nouvelles connaissances. Je n'avais, en effet, jamais vu Ananiev ni l'étudiant avant ce soir-là. Je revenais à cheval d'une foire et je me rendais chez un propriétaire terrien dont j'étais l'invité, lorsque, dans la nuit, je me trompai de chemin et me perdis. Errant le long de la voie ferrée, tandis que l'obscurité devenait plus dense, je me souvins des « gueux de la ligne » qui guettent piétons et cavaliers et, prenant peur tout à coup, je frappai à la porte de la première baraque que je rencontrai. Ananiev et l'étudiant m'accueillirent cordialement. Comme cela arrive aux gens qui sont étrangers les uns aux autres et qu'un hasard rapproche, nous fîmes rapidement connaissance, devînmes bons amis et, devant un verre de thé d'abord, un verre de vin ensuite, nous eûmes le sentiment de nous connaître depuis des années. A peine une heure plus tard, je savais déjà qui ils étaient et comment le sort les avait menés de la capitale dans cette steppe lointaine ; eux, savaient qui j'étais, ce que je faisais et ce que je pensais.

L'ingénieur Ananiev, Nicolas Anastassiévitch, était un homme trapu et large d'épaules ; à en juger d'après son physique, il commençait déjà, comme Othello, « à descendre dans la vallée de l'âge avancé » et à avoir trop d'embonpoint. Il était ce que les marieuses appellent « un homme dans la force de l'âge » ; ni jeune ni vieux, il aimait bien manger, boire un bon coup et faire l'éloge du passé ; il s'essoufflait en marchant, ronflait très fort la nuit et traitait les autres avec ce calme débonnaire et inébranlable qu'acquièrent les honnêtes gens lorsqu'ils ont atteint des grades importants et qu'ils commencent à grossir.

Ses cheveux et sa barbe ne blanchiraient pas encore de sitôt ; cependant, comme malgré lui et sans s'en apercevoir, il appelait les jeunes gens avec condescendance « mon cher ami », et se croyait

autorisé à les gronder avec bonhomie pour leur
façon de penser. Ses mouvements et sa voix étaient
calmes, aisés et assurés, comme il sied à un homme
qui est sûr de son chemin, sûr d'avoir des occupations précises, des revenus précis et des idées précises sur toute chose... Son visage hâlé au nez épais,
son cou musclé semblaient dire : « Je suis bien
nourri, bien portant et content de moi, — mais le
temps viendra, jeunes gens, où vous aussi serez
bien nourris, bien portants et contents de vous-
mêmes... »

Il était vêtu d'une chemise de coton, boutonnée
sur le côté, et d'un large pantalon de toile dont le
bas était rentré dans ses grandes bottes. D'après
certains détails, comme, par exemple, sa ceinture
de couleur en laine filée, son col brodé et son coude
soigneusement rapiécé, je pus deviner qu'il était
marié et sans doute tendrement aimé de sa femme.

Le baron von Stenberg, Mikhaïl Mikhaïlovitch,
un étudiant de l'Institut des Ponts et Chaussées,
était jeune encore : il n'avait pas plus de vingt-trois
ou vingt-quatre ans. Seuls ses cheveux blonds, sa
barbiche clairsemée et peut-être aussi une certaine
grossièreté et une certaine sécheresse dans les traits
révélaient sa descendance des barons baltes ; pour
le reste, tout en lui, son prénom, sa religion, ses
pensées, ses manières et jusqu'à son expression,
était purement russe. Vêtu comme Ananiev d'une
chemise de coton par-dessus le pantalon, chaussé
de grosses bottes, il était voûté et bronzé, avait les
cheveux trop longs et ressemblait davantage à un
simple ouvrier russe qu'à un étudiant ou à un
baron. Ses gestes comme ses paroles étaient rares, il
buvait sans plaisir ; tout en vérifiant ses comptes, il
semblait sans cesse occupé par ses pensées. Ses
mouvements et sa voix étaient calmes et aisés, mais
ce calme était d'une autre sorte que celui de l'ingénieur. Son visage hâlé, un tantinet ironique et
rêveur, ses yeux qui regardaient un peu en dessous,

toute sa silhouette exprimaient la paix de l'âme et la
paresse cérébrale... A l'observer, on eût dit que tout
lui était parfaitement égal : que le feu brûlât ou non
devant lui, que le vin fût bon ou désagréable au
goût, que les comptes qu'il vérifiait fussent exacts
ou non. Sur son visage intelligent et paisible je
lisais : « Avoir une occupation précise, des revenus
précis, un point de vue précis ? Tout cela ne signifie rien pour moi. J'ai été à Pétersbourg, maintenant
je suis ici, dans cette baraque, en automne je repar-
tirai pour Pétersbourg, au printemps je reviendrai
ici... A quoi tout cela servira-t-il ? Je n'en sais rien et
personne n'en sait rien. Donc, inutile de pala-
brer... »

Il écoutait l'ingénieur sans intérêt, avec cette
indifférence condescendante que témoignent les
cadets[4] des classes supérieures envers un brave
homme de surveillant subitement déchaîné. On eût
dit que les propos de l'ingénieur lui étaient connus
depuis longtemps et que, n'eût été sa paresse, l'étudiant nous eût sorti des choses plus neuves et plus
intelligentes. Cependant Ananiev n'en démordait
pas. Abandonnant le ton bonhomme et plaisant, il
parlait sérieusement, voire avec un entrain qui
cadrait mal avec son expression paisible. Visiblement, les questions abstraites ne le laissaient pas
indifférent ; il les affectionnait, mais, par manque
d'habitude, ne savait pas les traiter, et son discours
s'en ressentait, au point que je mis du temps à
comprendre où il voulait en venir.

— Je hais ces pensées de tout mon cœur,
disait-il, moi-même, j'en ai subi l'attrait dans ma
jeunesse ; aujourd'hui encore je n'en suis pas
complètement débarrassé, et je vous dirai mon opinion : peut-être suis-je trop bête, peut-être ces pensées me dépassent-elles, mais elles ne m'ont jamais
fait que du mal. C'est d'ailleurs fort compréhen-
sible ! Ces idées sur la vie sans but, l'insignifiance
du monde visible, la « vanité des vanités » de Salo-

mon, tout cela a toujours constitué le dernier, l'ultime degré de la pensée humaine. Quand le penseur arrive à ce degré, la machine s'arrête. Impossible d'aller plus loin. L'activité d'un cerveau normal ne va pas au-delà, c'est dans l'ordre des choses. Mais le malheur veut que notre pensée à nous commence là où s'arrête celle des gens normaux. Dès le début, à peine notre cerveau a-t-il commencé à fonctionner d'une façon indépendante, nous grimpons au dernier degré de l'échelle et ne voulons rien savoir de ceux qui se trouvent au-dessous.

— Quel mal y a-t-il à cela ? dit l'étudiant.

— Mais comprenez donc que c'est anormal ! s'écria Ananiev en le regardant presque avec colère. Si nous grimpons en haut sans nous servir des degrés inférieurs, alors toute cette échelle, c'est-à-dire toute la vie, avec ses couleurs, ses bruits et ses pensées, n'a plus de sens pour nous. Chaque acte de votre vie d'homme adulte et raisonnable peut vous démontrer combien à votre âge ces idées sont absurdes et néfastes. Admettons, par exemple, que vous entrepreniez de lire Shakespeare ou Darwin. A peine avez-vous lu une page que déjà le poison commence à agir en vous. Et votre vie à vous, l'œuvre d'un Shakespeare comme celle d'un Darwin vous paraîtront ineptes et dépourvues de sens, car vous savez que vous allez mourir un jour, que Shakespeare et Darwin sont morts eux aussi, que leurs pensées n'ont sauvé ni eux-mêmes, ni le monde, ni vous, et que, puisque la vie est absurde, le savoir, la poésie et les pensées élevées ne sont qu'un amusement futile, qu'un jouet pour adultes. Et vous abandonnerez votre lecture à la deuxième page. Supposons maintenant que des gens viennent vous trouver, vous qui êtes un homme intelligent, et vous demandent votre avis, sur la guerre, par exemple : est-elle souhaitable, est-elle morale ou non ? Pour toute réponse, vous vous contenterez de

hausser les épaules et de proférer des lieux
communs, car il est parfaitement indifférent de
votre point de vue que des centaines de milliers de
gens meurent de mort violente ou de mort natu-
relle. Dans les deux cas, le résultat est identique :
néant et oubli... Nous sommes en train de
construire ici, vous et moi, un chemin de fer. Pourquoi nous creuser la tête, faire des inventions, sur-
monter la routine, voler ou ne pas voler, plaindre
les ouvriers, puisque nous savons que dans deux
mille ans cette ligne ne sera que poussière ? Et ainsi
de suite... Convenez qu'avec cette malheureuse
mentalité tout progrès, la science, les arts, les pensées elles-mêmes deviennent impossibles. Nous
nous croyons plus fort que la foule et que Shakespeare, mais en réalité notre activité de penseur se
réduit à zéro, car nous ne voulons pas descendre
aux degrés inférieurs et nous ne pouvons pas nous
élever plus haut : notre cerveau reste au point de
congélation, il est au point mort... Moi-même, je
suis resté près de six ans sous l'empire de ces idées,
et pendant tout ce temps, je vous le jure, je n'ai pas
lu un seul livre sensé, je ne suis pas devenu pour un
sou plus intelligent, je n'ai pas enrichi mon code
moral d'une seule lettre... N'est-ce pas malheureux ? Et puis, non contents d'être empoisonnés
nous-mêmes, nous introduisons ce poison dans la
vie d'autrui. Si encore, pessimistes, nous renon-
cions à la vie, nous retirions dans des cavernes,
nous hâtions de disparaître — mais non, obéissant à
la loi générale, nous vivons, nous sentons, nous
aimons des femmes, nous élevons des enfants, nous
construisons des voies de chemin de fer !

— Nos pensées ne font ni chaud ni froid à personne, dit l'étudiant à contrecœur.

— C'est en quoi vous vous trompez ! Vous
n'avez pas encore goûté à la vie comme il faut, mon
petit père, mais lorsque vous aurez vécu aussi longtemps que moi vous en aurez vu de toutes les

couleurs ! Cette mentalité n'est pas aussi inoffensive que vous croyez. Dans la vie de tous les jours, dans nos rencontres avec des gens, elle ne nous fait commettre que des fautes atroces ou stupides. Même à un méchant Tatare je ne souhaiterais pas de passer par là où je suis passé !

— Par exemple ? demandai-je.

— Par exemple ? répéta l'ingénieur.

Il réfléchit et dit en souriant :

— Par exemple, prenons un certain cas. A vrai dire, ce n'est pas un cas, mais un véritable roman, avec un début et un dénouement. Et une excellente leçon ! Ah ! quelle leçon !...

Il nous versa du vin, s'en versa à lui-même, but, passa ses larges paumes sur sa poitrine, et continua en s'adressant à moi, plutôt qu'à l'étudiant :

— C'était en été de l'année 187., peu de temps après la guerre[5] et la fin de mes études. En allant au Caucase, je m'arrêtai pour cinq jours environ à N..., une ville du littoral. Il faut vous dire que cette ville m'a vu naître et grandir ; rien d'étonnant à ce qu'elle me paraisse extrêmement intime, accueillante et jolie, quoique un homme venu de la capitale y eût mené une vie aussi ennuyeuse et morne que dans une Tchoukhloma ou Kachira[6] quelconque. Je suis passé tristement le long du lycée, où j'avais fait mes études ; je me suis promené tristement dans le jardin public que je ne connaissais que trop bien ; j'ai fait une triste tentative pour revoir des gens, que j'avais perdus de vue depuis longtemps, mais dont je me souvenais. Et la tristesse ne me quittait pas...

« Un soir, j'allai en voiture à la Quarantaine — c'est ainsi que l'on nomme l'endroit. C'est un petit bosquet chauve, où jadis, à l'époque oubliée de la peste, il y avait eu en effet la Quarantaine, mais qui maintenant est peuplé d'estivants. L'endroit est situé à quatre verstes de la ville ; on y accède par une route douce et agréable. Chemin faisant, on

voit à gauche la mer bleue, à droite la steppe infinie
et morne ; l'air est léger, et le vaste espace réjouit la
vue. Le bosquet se trouve au bord de la mer.

« Ayant réglé mon cocher, j'entrai par la grande
porte, qui m'était si familière, et me dirigeai tout
droit, en suivant l'allée, vers le petit pavillon de
pierre que j'aimais bien dans mon enfance. A mon
avis, ce pavillon en rotonde, porté par de massives
colonnes et dans lequel le lyrisme d'un vieux
monument funéraire s'alliait à la lourdeur d'un
Sobakiévitch[7], était l'endroit le plus poétique de
toute la ville. Il était situé tout au bord du rivage,
au-dessus d'un escarpement, et de là on avait une
vue superbe sur la mer.

« Je m'assis sur un banc, et, me penchant par-
dessus la rampe, regardai en bas. Un petit sentier,
qui débouchait devant le pavillon, descendait
presque verticalement la pente raide, courant au
milieu des mottes de glaise et des touffes de char-
don ; là où il aboutissait, tout en bas, sur la plage de
sable, de petites vagues écumaient paresseusement
et ronronnaient avec douceur.

« La mer était aussi majestueuse, aussi infinie et
sévère que sept ans auparavant, lorsque, ayant terminé mes études au lycée, je quittai ma ville natale
pour Saint-Pétersbourg. Une mince frange de
fumée apparaissait à l'horizon ; c'était un bateau
qui passait, et, en dehors de cette fumée, immobile
et à peine visible, et de quelques martins-pêcheurs
qui dansaient au-dessus des flots, rien n'animait le
paysage monotone que composaient la mer et le
ciel. A gauche et à droite du pavillon, s'étendaient
des rives inégales et glaiseuses...

« Vous savez que quand un homme qui est
d'humeur mélancolique se trouve seul devant la
mer ou devant tel autre paysage qui lui paraît grandiose, à sa tristesse s'ajoute toujours, on ne sait
pourquoi, la certitude qu'il devra vivre et périr
inconnu, et alors, automatiquement, il saisit un

crayon et se hâte de tracer son nom n'importe où. C'est pourquoi sans doute tous les coins isolés et retirés, dans le genre de mon pavillon, sont toujours couverts d'inscriptions au crayon et tailladés de coups de canif.

« Je m'en souviens comme si c'était d'hier : en examinant la rampe, je lus : « L.S. (c'est-à-dire : laissé un souvenir), Ivan Korolkov, le 16 mai 1876. » Un rêveur local avait tracé son nom près de celui de Korolkov, en l'accompagnant d'un vers : « Au bord des vagues désertes il se tenait, plein de sublimes pensées[8] »... Même son écriture avait un caractère rêveur, elle était molle comme de la soie mouillée. Un nommé Kross, probablement un petit bonhomme dénué de toute importance, avait eu un sentiment si vif de sa nullité, qu'il s'était acharné avec son canif et avait gravé son nom en lettres profondes, hautes de plusieurs centimètres. Moi-même, je sortis machinalement un crayon de ma poche et traçai ma signature sur l'une des colonnes. Mais tout cela n'a rien à voir avec mon histoire. Pardonnez-moi : je ne sais pas raconter brièvement.

« J'étais triste et je m'ennuyais un peu. L'ennui, le silence, le ronronnement des vagues me suggérèrent insensiblement les pensées dont nous venons de parler. A cette époque, à la fin des années 70, cette mentalité commençait à être en vogue auprès du public ; plus tard, au début des années 80, elle pénétra peu à peu dans la littérature, la science et la politique.

« Je n'avais alors que vingt-six ans, mais je savais déjà pertinemment que la vie n'avait ni but ni sens, que tout n'était que tromperie et illusion, qu'en fin de compte la vie d'un forçat à l'île de Sakhaline ne se distinguait en rien de la vie à Nice, que la différence entre le cerveau d'un Kant et celui d'une mouche n'avait pas d'importance, que personne en ce monde n'avait ni tort ni raison, et que tout était de la fumisterie et n'avait qu'à aller au diable.

« Je vivais comme pour faire plaisir à la force inconnue qui m'obligeait à vivre : "Tiens, force inconnue, je ne donne pas un sou de la vie, et cependant je vis !" Toutes mes pensées suivaient la même direction mais de manière fort variée ; en cela je ressemblais à ce fin gourmet qui savait confectionner une centaine de plats savoureux en n'utilisant que des pommes de terre. C'était sans aucun doute une mentalité bornée, et, dans une certaine mesure, étroite, mais il me semblait alors que mon horizon ne connaissait pas de limites et que ma pensée était aussi vaste que la mer. Eh bien, autant que je peux en juger par moi-même, cette mentalité possède une propriété enivrante, c'est un narcotique dans le genre du tabac ou de la morphine. Cela finit par devenir une habitude et un besoin. Chaque instant de solitude, chaque occasion propice vous incitent à jouir de ces idées sur la vie sans but et les ténèbres de l'outre-tombe.

« De mon pavillon je voyais des enfants grecs[9] au long nez se promener sagement dans l'allée. Je profitai de cette occasion pour me dire :

« "Pourquoi, je me le demande, ces enfants sont-ils nés ? Pourquoi vivent-ils ? Y a-t-il un sens à leur existence ? Ils vont grandir, sans savoir pourquoi, ils vont traîner leur existence dans cette ville perdue, sans aucune nécessité, et puis ils mourront..."

« Je finis par être irrité de voir ces enfants se promener cérémonieusement et s'entretenir posément, comme s'ils attachaient effectivement quelque prix à leur petite vie incolore, comme s'ils savaient pourquoi ils vivaient...

« Puis, je m'en souviens, trois silhouettes féminines apparurent à l'autre bout de l'allée : trois jeunes filles, l'une en rose, les autres en blanc, s'avançaient, bras dessus, bras dessous, parlant et riant. Tout en les suivant du regard, je me dis :

« "Ce ne serait pas une mauvaise idée de nouer des relations avec une femme quelconque, ici, pendant quelques jours, pour me désennuyer !"

« A ce propos, je me souvins que j'avais quitté ma maîtresse de Pétersbourg depuis trois semaines ; une brève histoire d'amour serait maintenant la bienvenue. La jeune fille en robe blanche, celle qui marchait au milieu, me parut plus jeune et plus jolie que ses compagnes ; c'était, à en juger d'après ses manières et son rire, une lycéenne de la classe supérieure. Je contemplais son buste, non sans pensées impures, et me disais en même temps :

« "Elle étudiera la musique et les bonnes manières, elle épousera un Grec minable, que Dieu me pardonne, mènera une vie grise et stupide, mettra au monde, sans savoir pourquoi, un tas de gosses, et elle mourra. Quelle existence absurde !"

« Il faut vous dire que j'étais passé maître dans l'art de combiner mes pensées les plus élevées avec la prose la plus vulgaire. L'idée des ténèbres et de l'outre-tombe ne m'empêchait nullement de payer mon tribut aux bustes et aux petits pieds. Les graves pensées de notre cher baron ne l'empêchent pas non plus d'aller tous les samedis à Voukolovka et de s'y conduire en Don Juan. Autant qu'il m'en souvient et à parler franc, à cette époque, mes sentiments envers les femmes étaient d'une nature nettement outrageante pour celles-ci. Aujourd'hui, en songeant à cette lycéenne, je rougis de moi-même ; mais alors ma conscience était parfaitement tranquille. Moi, fils de parents nobles, chrétien, ayant reçu une instruction supérieure, qui ne suis ni bête ni méchant de nature, je ne ressentais pas la moindre inquiétude lorsque je donnais aux femmes du "Blutgeld" (comme disent les Allemands[10]), ou lorsque je suivais des lycéennes d'un regard insultant... Par malheur, la jeunesse revendique ses droits, et notre mentalité n'a aucune objection de principe contre ces droits, bons ou mauvais. Celui qui sait que la vie est absurde et la mort inévitable ne s'inquiète pas de la lutte contre l'instinct et n'a pas le sentiment du péché. A quoi rime la lutte,

puisque de toute façon nous devons mourir et
pourrir ?... En outre, mes amis, cette mentalité
développe, même chez de très jeunes gens, ce
qu'on appelle le sens de la réflexion. La prépondé-
rance de la réflexion sur le cœur est écrasante dans
notre milieu. Le sentiment spontané, l'inspiration,
tout cela est étouffé par une analyse mesquine. La
réflexion conduit à la froideur, et les gens froids —
pourquoi le taire ? — ignorent la chasteté. Cette
vertu n'est connue que de ceux qui ne sont pas
froids, qui ont du cœur et qui savent aimer. Et
enfin, en déniant tout sens à la vie, cette mentalité
refuse par là même tout sens à la personnalité
humaine. Il va de soi que si je nie la personnalité
d'une Nathalie Stépanovna quelconque, il m'est
parfaitement égal de savoir si elle est insultée ou
non. Aujourd'hui, j'ai insulté à sa dignité humaine,
je lui ai donné du "Blutgeld", et demain je ne
penserai plus à elle.

« Donc, installé dans le pavillon, j'observais mes
jeunes filles. Bientôt une autre silhouette féminine
surgit dans l'allée : tête nue, cheveux blonds, un
fichu de tricot blanc jeté sur les épaules. Elle se
promena dans l'allée, puis entra dans le pavillon, et,
s'appuyant à la rampe, jeta un regard indifférent
sur la plage, puis du côté de la mer. Elle ne fit
aucune attention à moi, comme si elle ne m'avait
pas remarqué en entrant. Je l'examinai des pieds à
la tête (et non de la tête aux pieds comme on le fait
quand il s'agit d'un homme) et vis qu'elle était
jeune — vingt-cinq ans tout au plus — jolie et bien
faite, que sans doute elle n'était plus une demoiselle
et appartenait à l'espère des femmes honnêtes. Elle
était vêtue simplement, mais à la mode et avec goût
— ainsi s'habillent d'ailleurs à N... toutes les dames
cultivées.

« "Si je pouvais me lier avec celle-là ! me disais-je
en détaillant sa jolie taille et ses bras, elle n'est pas
mal ! Sans doute, l'épouse d'un Esculape ou d'un
professeur de lycée..."

« Mais "me lier avec elle", c'est-à-dire en faire l'héroïne d'un de ces romans improvisés qu'affectionnent les touristes, était non seulement difficile, mais sans doute presque impossible. J'en eus le pressentiment en examinant son visage. A son regard, à son expression, on devinait que la mer, la fumée lointaine l'ennuyaient, avaient lassé sa vue depuis longtemps ; elle était visiblement fatiguée, sans entrain, pensait à des choses peu agréables, et même cette expression d'indifférence, fausse et vaine, qu'ont presque toutes les femmes devant un homme inconnu, était absente de son visage.

« La dame blonde me jeta un regard morne et distrait et s'assit sur un banc, plongée dans ses pensées ; à son regard, je compris qu'elle avait d'autres préoccupations, et que ma physionomie d'habitant de la capitale n'éveillait même pas sa curiosité. Néanmoins je décidai de lui adresser la parole :

— « Pardon, madame, lui dis-je, pourrais-je vous demander à quelle heure la voiture publique part d'ici ?

« — A dix ou à onze heures, je crois...

« Je la remerciai. Elle me regarda à deux reprises, et son visage impassible refléta brusquement de la curiosité, puis de l'étonnement... Je m'empressai d'arborer une expression d'indifférence et de prendre une pose appropriée : cela mordait ! Elle se leva brusquement, comme sous l'effet d'une piqûre douloureuse, sourit avec douceur et, tout en m'examinant à la hâte, me demanda timidement :

« — Écoutez, n'êtes-vous pas Ananiev ?

« — Oui, c'est mon nom, dis-je.

« — Et moi, vous ne me reconnaissez pas ? Non ?

« Un peu confus, je la regardai attentivement, et figurez-vous, ce ne fut pas son visage ni sa silhouette que je reconnus, mais son sourire doux et las.

« C'était Nathalie Stépanovna ou Kissotchka,

comme on l'appelait jadis, la même dont j'avais été
follement amoureux sept ou huit ans auparavant,
lorsque je portais encore mon uniforme de lycéen
"Histoires des jours passés, légendes du vieux
temps[11]"... Je revoyais cette Kissotchka, petite et
mince lycéenne de quinze ou seize ans, à l'époque
où elle personnifiait l'idéal d'un potache, créé tout
exprès par la nature pour l'amour platonique.
Quelle fillette délicieuse c'était ! Pâlotte, fragile, si
légère qu'un souffle eût pu l'emporter, semblait-il,
comme un brin de duvet, bien au-dessus des
nuages, elle avait un visage à l'expression douce et
étonnée, des mains menues, des cheveux souples
qui lui tombaient jusqu'aux reins, une taille de
guêpe — bref, c'était une créature éthérée, dia-
phane, évoquant le clair de lune, et, du point de vue
d'un potache, une indicible beauté. J'en étais terriblement amoureux, je passais des nuits sans sommeil, je composais des vers... Je me souviens des
soirées où, autour de Kissotchka, assise sur un banc
du jardin public, nous autres, lycéens, faisions
cercle et la contemplions avec vénération...

« Pour toute réponse à nos compliments, à nos
poses et à nos soupirs elle se contentait de hausser
nerveusement les épaules, sous l'effet de l'humidité
du soir, de cligner des yeux et de sourire avec
douceur, et alors elle ressemblait tout à fait à un joli
petit chaton ; en la contemplant, chacun de nous
avait envie de la cajoler, de la caresser comme une
petite chatte : de là venait son surnom de Kissotchka[12].

« Pendant les sept ou huit ans qu'avait duré notre
séparation, Kissotchka avait beaucoup changé. Elle
avait pris un air plus résolu, elle s'était remplie et
elle avait perdu toute ressemblance avec un chaton
doux et duveteux. Sans être fanés ou vieillis, ses
traits semblaient plus sévères et plus ternes, ses
cheveux paraissaient plus courts, sa taille plus élevée ; la largeur de ses épaules avait presque doublé,

et surtout Kissotchka avait maintenant cette
expression maternelle et résignée que l'on observe
chez les femmes honnêtes de son âge, et que je ne
lui connaissais pas jadis, cela va de soi. Bref, de
l'objet de mon amour platonique d'antan, seul avait
survécu un sourire plein de douceur...

« Nous engageâmes la conversation. En appre-
nant que j'étais déjà ingénieur, Kissotchka se réjouit
de tout cœur.

« — Comme c'est beau, dit-elle en me regardant
joyeusement dans les yeux, oh ! comme c'est beau !
D'ailleurs vous êtes tous extraordinaires ! Dans
toute votre promotion, il n'y a pas un seul raté, tous
ont fait leur chemin ! L'un est devenu ingénieur,
l'autre médecin, le troisième professeur, le qua-
trième, d'après ce qu'on raconte, un célèbre chanteur à Pétersbourg... Tous, vous êtes tous extraordinaires ! Comme c'est beau !

« Une joie sincère, pleine de bienveillance, brillait
dans ses yeux. Elle m'admirait, comme le ferait une
sœur aînée ou une ancienne maîtresse d'école. Et
moi, je regardais son charmant visage et je pensais :
"Si je pouvais coucher avec elle ce soir !"

« — Vous souvenez-vous, Nathalie Stépanovna,
lui dis-je, de ce bouquet que je vous ai offert un
soir, dans le jardin, et où était dissimulé un petit
billet ? Vous l'avez lu et vous avez eu l'air tellement
étonnée...

« — Non, je ne m'en souviens pas, dit-elle en
riant ; en revanche je me rappelle qu'à cause de moi
vous avez voulu provoquer Florenz en duel...

« — Voilà qui m'est complètement sorti de la
mémoire !

« — Hélas ! on ne ressuscite pas le passé, soupira
Kissotchka. Dans le temps, j'ai été votre petite idole
à tous, et maintenant c'est à mon tour de vous
admirer...

« La suite de notre conversation m'apprit que,
deux ans après avoir terminé ses études au lycée,

Kissotchka avait épousé un habitant de notre ville, mi-Grec, mi-Russe, qui était employé soit dans une banque, soit dans une société d'assurances, et qui pratiquait en même temps le commerce du blé. Il portait un nom impossible, quelque chose comme Populaki ou Skarandopulo... Au diable, je l'ai oublié... Du reste, Kissotchka parlait peu d'elle-même et comme à contrecœur. Notre conversation tournait autour de ma personne. Elle me posait des questions sur mon Institut, sur mes camarades, sur Pétersbourg, sur mes projets, et toutes mes réponses provoquaient la joie la plus franche et des exclamations : "Oh ! comme c'est beau !"

« Nous descendîmes au bord de la mer, nous nous promenâmes sur la plage, puis, lorsqu'un souffle de fraîcheur nocturne vint de la mer, nous remontâmes, tout en continuant de parler du passé et de moi-même. Nous poursuivîmes notre promenade jusqu'au moment où l'or du soleil couchant commença à pâlir dans les vitres des "datchas[13]".

« — Venez prendre du thé chez moi, proposa Kissotchka. Le samovar doit m'attendre sur la table depuis longtemps... Je suis seule à la maison, ajouta-t-elle, lorsque les contours de sa datcha apparurent à travers la verdure des acacias ; mon mari passe ses journées en ville et ne rentre que pour coucher, et encore pas tous les jours... A vrai dire, je m'ennuie à mourir.

« En marchant derrière elle, j'admirais son dos et ses épaules. J'étais content de la savoir mariée. Pour un roman de courte durée, une femme mariée offre une matière plus convenable qu'une jeune fille. J'étais content aussi que son mari fût absent. Et cependant je pressentais que l'aventure n'aurait pas lieu...

« Nous entrâmes dans la maison. Les pièces y étaient petites, et basses de plafond ; elles étaient meublées à la manière campagnarde (pour ses "datchas" le Russe choisit un mobilier incommode, lourd et sans grâce, qu'il n'ose pas bazarder et dont il ne sait que faire), mais d'après certains détails je pus conclure que Kissotchka et son mari étaient à leur aise et dépensaient dans les cinq ou six mille roubles par an.

« Au milieu de la pièce que Kissotchka appela sa salle à manger, je vis une table ronde qui avait six pieds, on ne savait pourquoi ; sur la table, un samovar et des tasses et, sur le bord, un livre ouvert, un cahier et un crayon. Je jetai un coup d'œil au livre et reconnus le manuel d'arithmétique de Malinine et Bourénine. Je me rappelle encore, comme si cela était d'hier, qu'il était ouvert à la page des « règles des Sociétés ».

« — A qui donnez-vous des leçons ? demandai-je.

« — A personne, dit Kissotchka. Je m'ennuie, et, pour tuer le temps, je fais des problèmes. Cela me rappelle le passé.

« — Avez-vous des enfants ?

« — J'ai eu un petit garçon... mais il n'a vécu que huit jours.

« Nous bûmes du thé. Tout en continuant de m'admirer, Kissotchka me répéta encore combien elle était heureuse de me savoir ingénieur, fière de mes succès, et plus elle parlait, plus franc était son sourire, plus forte devenait en moi la certitude de repartir bredouille. A cette époque de ma vie, j'avais déjà acquis une certaine expérience en matière de liaisons et savais évaluer mes chances avec assez de précision. Si vous poursuivez une imbécile, ou une femme qui cherche comme vous des aventures et des sensations, ou encore une personne rusée, pour qui vous êtes un étranger, vous pouvez être assez sûr du succès. Mais si vous avez devant vous une femme pas sotte et sérieuse, dont le visage reflète la résignation lasse et la bienveillance, une femme qui se réjouit sincèrement de votre présence et, par surcroît, vous estime, alors

vous n'avez qu'à rebrousser chemin. Pour réussir
dans un cas pareil, il faut disposer d'un délai plus
long qu'un jour seulement.

« Cependant, dans l'éclairage du soir, Kissotchka
me paraissait encore plus jolie qu'en plein jour ; elle
me plaisait de plus en plus, et, moi, je lui inspirais
visiblement de la sympathie. Du reste, l'atmosphère
se prêtait admirablement à une aventure romanesque : le mari absent, pas trace de domestique,
un silence parfait... Sans croire au succès, je décidai
néanmoins, à toutes fins utiles, de passer à
l'attaque. Il fallait avant tout adopter un ton plus
familier et dissiper l'humeur mélancolique et grave
de Kissotchka.

« — Changeons de conversation, Nathalie Stépanovna, si vous voulez bien, lui dis-je, parlons de
choses plus amusantes. Tout d'abord, permettez-
moi, en souvenir du passé, de vous appeler Kissotchka.

« Elle le permit.

« — Dites-moi un peu, Kissotchka, repris-je,
quelle mouche a piqué le beau sexe de notre ville ?
Que lui est-il arrivé ? Jadis, toutes ces dames étaient
sérieuses, des parangons de vertu, mais
aujourd'hui, dès qu'on demande des nouvelles de
l'une ou de l'autre, on apprend des choses qui vous
font dresser les cheveux sur la tête. Telle demoiselle
s'est sauvée avec un officier, telle autre a entraîné
un lycéen dans sa fuite, la troisième, une femme
mariée, a quitté son époux en compagnie d'un
acteur, une autre encore a abandonné son mari
pour un officier, et ainsi de suite ! C'est une véritable épidémie ! Si cela continue, il ne restera bientôt ici ni une jeune fille, ni une jeune épouse !

« Je prenais un ton équivoque et frivole. Si Kissotchka, pour toute réponse, avait ri, j'aurais conti-
nué dans le même style : "Prenez garde, Kissotchka, de ne pas vous faire enlever par un officier
ou un acteur !" Elle aurait baissé les yeux et

répondu : "Qui voudrait de moi ? Il y en a de plus jeunes et de plus belles..." A quoi j'aurais répliqué : "Voyons, Kissotchka, moi le premier, je vous aurais enlevée avec délice !" Et ainsi de suite... A la fin, mon affaire aurait été dans le sac.

« Mais, au lieu de rire, Kissotchka prit un air grave et dit avec un soupir :

« — Tout ce qu'on vous a raconté est vrai. C'est ma propre cousine Sonia qui a quitté son mari en compagnie d'un acteur. Ce n'est pas bien, je vous l'accorde ; chacun doit supporter son sort avec patience ; mais, moi, je ne blâme ni n'accuse personne... Parfois les circonstances sont plus fortes que l'être humain !

« — C'est bien vrai, Kissotchka, cependant quelles sont donc ces circonstances qui provoquent une véritable épidémie ?

« — Quoi de plus simple ? dit Kissotchka en haussant les sourcils. Chez nous, les jeunes filles et les jeunes femmes cultivées ne savent que faire d'elles-mêmes. Partir, faire des études ? Devenir institutrice ? Vivre pour un idéal, pour un but, comme font les hommes ? Cela n'est pas donné à tout le monde. Il faut se marier... Mais avec qui ? Vous autres, les garçons, vous terminez vos études au lycée et partez à l'Université pour ne plus jamais revenir dans votre ville natale ; vous vous mariez dans les capitales... Mais les jeunes filles, elles, restent ici ! Qui voulez-vous qu'elles épousent ? Eh bien, à défaut d'hommes honnêtes et cultivés, elles se marient avec n'importe qui, avec des courtiers, des Grecs vulgaires qui ne savent que boire et faire du tapage au club... Les jeunes filles se marient bêtement, sans réfléchir... Quelle est l'existence qui les attend ? Vous le devinerez aisément : une jeune femme instruite, bien élevée, doit vivre à côté d'un être stupide et grossier ; si par hasard elle rencontre un homme cultivé, un officier, un acteur, un médecin, elle tombe amoureuse de lui, son existence

coutumière lui devient insupportable et elle quitte
son mari. Comment la blâmer ?

« — Si c'est ainsi, Kissotchka, pourquoi se marie-
t-elle ?

« — Bien sûr, dit Kissotchka en soupirant, mais
toute jeune fille croit qu'il vaut mieux avoir un mari
quelconque que pas de mari du tout... En général,
Nicolas Anastassiévitch, nous vivons mal ici, très
mal ! Les jeunes filles manquent d'air, et les
femmes mariées aussi... Tout le monde se moque
aujourd'hui de Sonia qui a quitté son mari pour
suivre un acteur. Mais si l'on pouvait lire dans son
cœur, on ne rirait plus... »

L'aboiement d'Azorka retentit de nouveau au
dehors.

Le chien grogna d'abord avec colère, puis émit
un hurlement angoissé, et finit par se jeter de tout
son poids contre le mur de la baraque. Ananiev fit
une grimace de pitié et, interrompant son récit,
sortit de la baraque. Nous l'entendîmes calmer le
chien pendant deux bonnes minutes : « Mon bon
vieux ! Mon pauvre vieux ! »

— Notre Nicolas Anastassiévitch s'écoute volon-
tiers parler, dit l'étudiant avec un sourire, mais c'est
un brave homme, ajouta-t-il après un silence.

Revenu dans la baraque, l'ingénieur nous versa
encore du vin et, souriant, se caressant la poitrine il
continua :

— Donc, mon attaque avait échoué. Je remis
mes vilaines pensées à une occasion plus favorable,
j'acceptai ma déveine, et, comme on dit, j'abandonnai la partie. Bien plus : sous l'effet de la voix de
Kissotchka, de l'air du soir et du silence, je fus
insensiblement gagné moi-même par une humeur
douce et lyrique. Assis dans un fauteuil, près d'une
fenêtre grande ouverte, je regardais les arbres et le
ciel qui s'obscurcissait. C'étaient les mêmes silhouettes, des acacias et des tilleuls que huit ans
auparavant ; de même que jadis, au temps de mon

enfance, on entendait au loin un méchant piano ; le public déambulait, comme autrefois, dans les mêmes allées, mais ce n'était plus le même public. Ce n'étaient ni moi, ni mes camarades, ni les objets de mes passions qui se promenaient là, mais des lycéens et des jeunes filles inconnus. La tristesse me gagna peu à peu. Et lorsque, à mes questions au sujet de mes anciennes connaissances, Kissotchka m'eût répondu, cinq fois de suite : « Il est mort », ma tristesse devint ce sentiment que l'on éprouve en assistant à la messe commémorative d'un brave homme. En regardant les promeneurs, en écoutant pianoter quelqu'un, je vis pour la première fois de mes propres yeux avec quelle impatience avide une génération se hâte de remplacer l'autre et quelle importance fatale peuvent avoir dans la vie d'un homme quelque sept ou huit années.

« Kissotchka posa sur la table une bouteille de vin de Santorin. Je vidai un verre, devins sentimental et me lançai dans un long récit. Kissotchka m'écoutait, et, comme elle avait fait, s'extasiait devant moi et devant mon esprit. Cependant le temps passait. Le ciel était devenu si sombre que les silhouettes des acacias et des tilleuls s'étaient fondues, les promeneurs avaient disparu, le piano s'était tu ; on n'entendait plus que le bruit égal de la mer.

« Les jeunes gens sont tous taillés sur le même modèle. Accueillez gentiment un jeune homme, prenez soin de lui, offrez-lui du vin, faites-lui comprendre qu'il vous intéresse, et il s'incrustera chez vous, oubliera de partir, et se mettra à parler, à parler, à parler. Les hôtes tombent de sommeil, ils devraient être au lit depuis longtemps, mais lui continue de pérorer. C'était mon cas. Une fois, par hasard, je regardai ma montre : il était dix heures et demie. Je me levai pour prendre congé.

« — Buvez encore un peu pour faire bonne route, dit Kissotchka.

« Je bus "pour la bonne route", commençai une

autre histoire et me rassis, oubliant mon intention
de partir, lorsque j'entendis des voix masculines,
des pas et un cliquetis d'éperons. Des gens pas-
sèrent devant les fenêtres et s'arrêtèrent à la porte.

« — C'est mon mari qui est rentré, je crois, dit
Kissotchka en prêtant l'oreille.

« La porte claqua, des voix résonnèrent dans
l'entrée, et je vis deux hommes passer devant la
porte ouverte de la salle à manger : l'un était brun,
fort et trapu, et avait le nez busqué ; il était coiffé
d'un chapeau de paille ; l'autre, un jeune officier en
tunique blanche. En passant ils jetèrent un regard
rapide et indifférent à Kissotchka et à moi-même,
et il me sembla qu'ils étaient ivres tous les deux.

« — Elle t'a raconté des mensonges, et, toi, tu l'as
cru ! » déclara un instant plus tard une voix forte et
nasillarde. « D'abord ce n'était pas dans le grand
club, mais dans le petit !

« — Jupiter, tu te fâches, donc tu as tort, répondit
en riant et en toussotant l'autre voix, sans doute
celle de l'officier. Écoute : est-ce que je peux coucher chez toi ? Réponds-moi franchement : je ne te
gênerai pas ?

« — Quelle question ! Non seulement tu peux,
mais tu dois rester ! Qu'est-ce que tu préfères, de la
bière ou du vin ?

« Séparés de nous par une pièce, ils parlaient très
fort et, de toute évidence, ne s'intéressaient nullement ni à Kissotchka ni à son invité. Quant à
Kissotchka, depuis le retour de son mari, elle semblait changée. Elle commença par rougir, puis son
visage prit un air timide et coupable ; une sorte
d'inquiétude s'empara d'elle ; il me sembla qu'elle
avait honte de me montrer son mari et préférait me
voir partir.

« Je lui fis mes adieux. Kissotchka m'accompagna
jusqu'au perron. Je me rappelle parfaitement son
sourire doux et mélancolique et ses yeux caressants
et résignés, lorsqu'elle me dit, en me serrant la
main :

« — Nous ne nous reverrons sans doute jamais plus... Eh bien, que Dieu vous donne du bonheur. Merci !

« Pas un soupir, pas une phrase. En me disant adieu, elle tenait une bougie à la main ; des reflets clairs dansaient sur son visage et sur son cou, comme à la poursuite de son triste sourire ; je me remémorai l'ancienne Kissotchka, celle qu'on avait envie de caresser comme un petit chat, je regardai attentivement la nouvelle Kissotchka, je songeai à ses paroles : "Chacun doit supporter son sort avec patience", et mon cœur se serra. Mon intuition devina, ma conscience me souffla, à moi, homme heureux et indifférent, que l'être qui se tenait là devant moi était bon, affectueux et bienveillant, mais profondément malheureux...

« Je la saluai et partis vers la grande porte. Il faisait déjà noir. Dans le Sud, en juillet, la nuit tombe de bonne heure, et le ciel s'obscurcit rapidement. Souvent, à dix heures du soir l'obscurité est déjà si dense qu'on n'y voit goutte. En avançant presque à tâtons vers le portail je brûlai deux dizaines d'allumettes.

« — Fiacre ! criai-je en sortant, mais je n'obtins pas de réponse. Fiacre ! répétai-je, voiture !

« Ni fiacre ni voiture. Un silence de tombeau. Je n'entendais que le bruit de la mer somnolente et les battements de mon propre cœur, agité par le vin de Santorin. Je levai les yeux vers le ciel : il n'y avait pas une étoile. Tout était sombre et opaque ; le ciel était sans doute couvert de nuages. Je haussai les épaules, esquissai un sourire niais, sans savoir pourquoi, et hélai encore le fiacre, d'une voix moins énergique.

« — ... Acre ! répondit l'écho.

« La perspective de faire quatre verstes à pied, à travers champs et dans l'obscurité, n'avait rien de plaisant. Avant de m'y résigner, je réfléchis longuement, appelai encore un fiacre et, finalement, je haussai les épaules et, sans but précis, revins en arrière, vers le petit bosquet. Il y faisait terriblement noir. Çà et là, entre les arbres, rougeoyaient faiblement les fenêtres des "datchas". Une corneille réveillée par mes pas et effarouchée par la lueur de mes allumettes s'envola d'un arbre en faisant du bruit dans le feuillage. Je ressentais du dépit et de la honte, et la corneille, qui semblait le deviner, me narguait de son "Cra-a !"

« J'étais dépité de devoir rentrer à pied, et j'avais honte d'avoir bavardé chez Kissotchka comme un gamin.

« Enfin, j'atteignis le pavillon, je trouvai un banc à tâtons et m'assis. Tout en bas, invisible dans l'obscurité totale, la mer irascible grondait sourdement. Je me souviens que, pareil à un aveugle, je ne voyais ni la mer, ni le ciel, ni même le pavillon où je me trouvais, et il me semblait déjà que le monde entier se réduisait aux pensées qui trottaient dans ma tête échauffée par le vin et au bruit monotone qui me parvenait d'en bas. Un peu plus tard, assoupi, je m'imaginai que ce n'était pas la mer, mais mes propres pensées qui faisaient ce bruit, et que le monde n'existait pas au-delà de mon moi.

« Ayant ainsi réduit toute la création à ma propre personne, j'oubliai les fiacres, la ville et Kissotchka, et m'abandonnai à une sensation que j'aimais particulièrement. C'est une sensation de terrible solitude : il vous semble que vous seul existez dans une création informe et obscure. C'est un sentiment orgueilleux et démoniaque, accessible aux seuls Russes, dont les pensées et les sensations sont aussi vastes, aussi infinies et sévères que leurs plaines, leurs forêts et leurs neiges. Si j'étais peintre, je représenterais un homme russe, assis en tailleur, immobile, la tête entre les mains, lorsqu'il s'abandonne à cette sensation qu'accompagnent des pensées sur la vie sans but, la mort et les ténèbres de l'au-delà... Ces pensées ne valent pas cher, mais l'expression du visage devrait être sublime...

« Tandis que je somnolais, ne me décidant pas à partir — j'étais au chaud et bien tranquille — d'autres sons qui détournèrent mon attention de moi-même se détachèrent sur le bruit égal et monotone de la mer, comme sur un canevas. Quelqu'un avançait rapidement dans l'allée. Près du pavillon, ce quelqu'un s'arrêta, et j'entendis un sanglot et une voix de fillette en larmes :

« — Mon Dieu, cela ne finira donc jamais ? Seigneur !

« C'était, à en juger d'après la voix et les sanglots, une petite fille de dix à douze ans. D'un pas hésitant, elle pénétra dans le pavillon, s'assit sur un banc et se mit à se lamenter et à prier à haute voix :

« — Seigneur, disait-elle à travers ses larmes, je n'en peux plus ! Aucune patience n'y suffirait ! J'ai tout supporté, je me tais, mais comprends donc, moi aussi, je voudrais vivre ! Ah ! mon Dieu, mon Dieu !

« Et ainsi de suite... J'eus envie de voir cette fillette et de lui parler. Afin de ne pas l'effrayer, je commençai par pousser un grand soupir, puis je toussotai et frottai doucement une allumette. Une vive lumière jaillit dans l'obscurité et éclaira celle qui pleurait. C'était Kissotchka...

— Mystère et boule de gomme ! soupira l'étudiant ; nuit noire, bruit de vagues, *elle* qui souffre, *lui* et sa sensation de solitude absolue... Dieu sait ce que c'est ! Il ne manque que des Tcherkesses avec des poignards[14].

— Il ne s'agit pas d'un conte, mais d'un fait réel.

— Va pour le fait réel... Seulement tout cela est connu depuis longtemps...

— Attendez de me mépriser, laissez-moi terminer, dit Ananiev avec un geste de dépit, ne m'interrompez pas, je vous prie. Ce n'est pas à vous que je raconte mon histoire, c'est au docteur... Eh bien, continua-t-il en s'adressant à moi, mais en regardant à la dérobée l'étudiant, qui, penché sur ses

comptes, semblait très content d'avoir taquiné
l'ingénieur, eh bien, en me voyant, Kissotchka ne
parut ni étonnée ni effrayée, comme si d'avance elle
avait été sûre de me trouver dans le pavillon. Elle
respirait par saccades, elle tremblait de tout son
corps comme dans un accès de fièvre ; son visage,
humide de larmes, autant que je pus le voir en
brûlant allumette sur allumette, avait perdu son
expression d'intelligence, de résignation et de lassitude ; un changement s'y était opéré, dont jusqu'à
ce jour je n'ai jamais compris le sens. En vain j'y
cherchais la douleur, l'inquiétude, l'angoisse,
qu'exprimaient ses paroles et ses larmes. Son
visage, je vous l'avoue, me parut alors hébété,
comme celui d'une femme ivre, sans doute parce
que je ne pouvais pas en déchiffrer l'expression.

« — Je n'en peux plus, murmura Kissotchka
d'une voix de fillette en pleurs, je suis à bout,
Nicolas Anastassiévitch ! Pardonnez-moi... Cela ne
peut plus continuer ! J'irai en ville, chez ma mère...
Accompagnez-moi ! Accompagnez-moi, pour
l'amour de Dieu !

« Devant des personnes en larmes, je ne savais ni
parler ni me taire. Embarrassé, je balbutiai, en guise
de consolation, des paroles absurdes.

« — Non, non, je m'en vais chez ma mère, dit
Kissotchka d'un air décidé, en se levant et en
s'agrippant convulsivement à mon bras (ses mains
et ses manches étaient humides de larmes). Pardonnez-moi, Nicolas Anastassiévitch, je vais partir... Je n'en peux plus !

« — Mais il n'y a pas un seul fiacre, Kissotchka !
Comment partirez-vous ?

« — Ça ne fait rien, j'irai à pied... Ce n'est pas
loin... Je suis à bout.

« J'étais embarrassé, mais non point attendri. Les
larmes de Kissotchka, ses frissons et son expression
hébétée évoquaient pour moi un mélodrame français ou ukrainien, peu sérieux, dans le genre de

ceux où l'on verse un torrent de larmes pour un chagrin de rien du tout. Je ne comprenais pas Kissotchka, m'en rendais compte et aurais mieux fait de me taire ; mais, je ne sais pourquoi, sans doute pour ne pas paraître stupide en me taisant, j'essayai de la persuader de rentrer chez elle.

« Celles qui pleurent n'aiment pas qu'on voie leurs larmes. Mais, moi, je continuais à brûler les allumettes, les unes après les autres, et ne m'arrêtai que lorsque la boîte fut vide. Quel besoin avais-je de cette illumination peu généreuse ? Je n'en sais encore rien. D'une manière générale, les gens froids sont souvent maladroits et même stupides.

« A la fin, Kissotchka prit mon bras et nous partîmes. Sortant par la grande porte, nous tournâmes à droite et suivîmes, sans nous presser, la grand-route poussiéreuse. Il faisait noir ; mais mes yeux, accoutumés peu à peu à l'obscurité, distinguèrent bientôt des silhouettes de chênes et de tilleuls, vieux et rabougris, qui bordaient la route.

« Bientôt se dessina vaguement à droite la ligne noire du rivage inégal et escarpé, traversée çà et là par des ravins étroits, mais profonds. Sur les bords des ravins poussaient des buissons qui ressemblaient à des hommes accroupis. On ne se sentait pas en sécurité. Je regardai le rivage non sans inquiétude ; le bruit de la mer et le silence des champs m'impressionnaient d'une manière désagréable. Kissotchka ne disait mot. Elle continuait à trembler, et, après avoir parcouru une demi-verste à peine, était déjà fatiguée et hors d'haleine. Je me taisais aussi.

« Non loin de la Quarantaine s'élève un bâtiment abandonné de trois étages, couronné d'une très haute cheminée : c'est une ancienne minoterie à vapeur. Elle se dresse, solitaire, sur le rivage ; dans la journée, on la voit de loin, de la mer comme des champs. Délaissé, inhabité, ce bâtiment possède un écho, qui répète distinctement les pas et les voix des promeneurs : tout cela ajoute encore à son mystère.

« Eh bien, me voyez-vous dans cette nuit noire, donnant le bras à une jeune femme qui vient de quitter son mari, cheminant le long de cette haute et énorme bâtisse, qui répète chacun de mes pas et me regarde, immobile, de ses cent fenêtres obscures ? Un jeune homme normal dans une situation semblable serait devenu romantique, mais moi, en jetant un coup d'œil à ces fenêtres sombres, je pensais : "Tout cela est impressionnant, mais le temps viendra où il ne restera rien, pas même de la poussière, de ce bâtiment, ni de Kissotchka, ni de son chagrin, ni de moi-même, ni de mes pensées... Tout est bêtise et vanité..."

« Lorsque nous eûmes atteint la minoterie, Kissotchka s'arrêta brusquement, libéra son bras et me dit de sa voix normale, et non plus de sa voix de petite fille :

« — Je sais, Nicolas Anastassiévitch, que tout cela doit vous paraître étrange. Mais je suis si malheureuse ! Vous ne pouvez même pas vous figurer à quel point... Personne ne peut se l'imaginer ! Je ne vous en parlerai pas, parce que c'est impossible... Mais quelle vie que la mienne !

« Elle n'acheva pas, serra les dents et gémit comme pour étouffer un cri de douleur.

« — Quelle vie ! répéta-t-elle avec horreur, de sa voix chantante, avec cet accent méridional ukrainien qui donne aux propos exaltés un air de chanson, surtout lorsqu'ils sont proférés par une femme. Quelle vie ! Ah ! mon Dieu, mon Dieu ! mais pourquoi tout cela ? Mon Dieu !

« Elle haussait les épaules d'un air perplexe, hochait la tête et joignait les mains, comme si elle essayait de pénétrer le secret de sa vie. Elle parlait comme on chante ; ses mouvements étaient gracieux et beaux ; elle me rappelait une célèbre actrice ukrainienne.

« — Seigneur ! Mais je vis comme dans un trou ! continua-t-elle en se tordant les mains. Si seulement, une seule minute, je pouvais être heureuse comme tant d'autres !... Ah ! mon Dieu, mon Dieu ! Et puis, quelle honte ! Voilà que je quitte mon mari, en pleine nuit, en présence d'un étranger, comme une dévergondée ! Que peut-il m'arriver de bon après cela ?

« Tout en admirant ses gestes et sa voix, je fus subitement content de savoir qu'elle ne s'entendait pas avec son mari. "Si je pouvais coucher avec elle !" Cette pensée cruelle surgit dans mon esprit et s'y enracina. Elle ne me quitta pas pendant tout le trajet, et de plus en plus elle me souriait...

« Après avoir dépassé la minoterie d'une verste et demie, il fallait, pour continuer vers la ville, tourner à gauche et suivre la route qui passe devant un cimetière. Au tournant, il y a un moulin à vent et une cabane où vit le meunier. Nous dépassâmes le moulin et la cabane, tournâmes à gauche et arrivâmes à la porte du cimetière. Là, Kissotchka s'arrêta et me dit :

« — Je vais rentrer à la maison, Nicolas Anastassiévitch. Continuez votre chemin et que Dieu vous garde ! Moi, je rentrerai seule. Je n'ai pas peur.

« — En voilà une idée ! dis-je, effrayé. Puisque nous sommes partis, autant continuer...

« — J'ai eu tort de me mettre dans cet état. En fait, tout cela est arrivé à cause d'une bagatelle. Vos récits m'ont rappelé le vieux temps et ont éveillé en moi certaines pensées. J'étais si triste, j'avais envie de pleurer, et voilà que mon mari m'a dit des insolences devant cet officier... Je n'ai pu le supporter. Mais pourquoi irais-je maintenant en ville, chez ma mère ? En serais-je plus heureuse ? Il vaut mieux rentrer. Et cependant... tant pis, allons-y, dit Kissotchka, et elle se mit à rire, tout m'est égal !

« Je me souvenais de l'inscription gravée au-dessus de la porte du cimetière : "L'heure arrive où tous ceux qui sont dans la tombe entendront la voix du fils de Dieu" ; je savais parfaitement que tôt ou tard viendrait le temps où moi-même, Kissotchka, son mari et l'officier à la tunique blanche, nous serions couchés derrière un mur de cimetière, sous la sombre verdure ; je savais qu'un être malheureux et offensé marchait à mes côtés, et cependant, en même temps, une crainte obsédante et pénible m'agitait : la crainte de voir cette jeune femme repartir, de ne pouvoir lui dire les paroles qui convenaient... Jamais, à aucune époque de ma vie, mes idées sublimes ne furent aussi étroitement mêlées à la prose la plus vulgaire, la plus animale... C'était affreux !

« Non loin du cimetière, nous trouvâmes un fiacre. Arrivés à la Grand'rue, où habitait la mère de Kissotchka, nous congédiâmes le fiacre et nous nous engageâmes sur le trottoir. Kissotchka ne disait plus rien, et moi, je la regardais, furieux contre moi-même : "Qu'est-ce que tu attends ? Vas-y donc !"

« A une vingtaine de pas de l'hôtel où j'habitais, Kissotchka s'arrêta près d'un réverbère et fondit subitement en larmes :

« — Nicolas Anastassiévitch, dit-elle, en pleurant, en riant et en me regardant de ses yeux humides et brillants, jamais je n'oublierai votre sympathie ! Que vous êtes bon ! Vous êtes tous si gentils ! Des garçons honnêtes, généreux, intelligents ! Ah ! que c'est beau !

« Elle voyait en moi l'homme intelligent, un représentant de l'avant-garde, et son visage inondé de larmes et rieur reflétait non seulement l'attendrissement et l'admiration que suscitait en elle ma personne, mais encore de la tristesse : car elle ne rencontrait que rarement des gens de cette espèce, et Dieu ne lui avait pas donné le bonheur d'être la femme de l'un d'eux.

« Elle balbutiait : "Oh ! comme c'est beau !" et sa joie enfantine, ses larmes, son doux sourire, ses cheveux soyeux qui s'étaient échappés de son fichu, et même ce fichu, jeté négligemment sur la tête, tout cela me rappela, à la lumière du réverbère, l'ancienne Kissotchka, celle que chacun de nous rêvait de caresser comme une petite chatte...

« Je n'y tins plus. Je me mis à caresser ses cheveux, ses bras et ses épaules...

« — Kissotchka, que veux-tu que je fasse ? murmurai-je. Veux-tu que je t'emmène au bout du monde ? Je te tirerai de ce trou, je te rendrai heureuse ! Je t'aime... Viens avec moi, ma chérie ! Oui ? Tu veux bien, dis ?

« Sur le visage de Kissotchka se peignit la stupéfaction. Elle s'éloigna du réverbère et me regarda, comme étourdie, de ses grands yeux. Je serrais très fort sa main dans la mienne, et, tout en couvrant de baisers son visage, son cou et ses épaules, je murmurais des promesses et des serments. Promesses et serments font partie des affaires amoureuses ; c'est presque une nécessité physiologique : impossible de s'en passer. Parfois on a conscience de l'inutilité de ces mensonges, mais on ne peut pas s'arrêter de jurer et de promettre.

« Interdite, Kissotchka continuait à reculer en ouvrant de grands yeux.

« — Non, il ne faut pas ! Il ne faut pas ! balbutiait-elle en me repoussant de ses deux mains.

« Je la serrai très fort dans mes bras. Subitement elle se mit à pleurer comme une hystérique, et sur son visage apparut la même expression hébétée et obtuse que je lui avais vue dans le pavillon, quand je brûlais des allumettes... Sans demander son consentement, l'empêchant de parler, je la traînai de force dans mon hôtel. Elle était comme médusée, elle me résistait, mais je pris son bras et la soulevai presque de terre... Je me rappelle que lorsque nous montions l'escalier un individu, coiffé d'une casquette à lisière rouge, me regarda avec étonnement et salua ma compagne. »

Ananiev se tut en rougissant. Il fit quelques pas,

se gratta la nuque avec embarras, leva convulsivement, à plusieurs reprises, les épaules et les omo-
plates, comme si des frissons parcouraient son large
dos. Il ressentait de la honte et de la peine à ce
souvenir, il luttait contre lui-même.

— Ce n'est pas beau ! fit-il en vidant un verre de
vin et en secouant la tête. On dit qu'au début du
cours d'introduction à la gynécologie on conseille
toujours aux étudiants en médecine de se rappeler,
avant de dévêtir et d'ausculter une femme malade,
qu'ils ont eux-mêmes une mère, une sœur, une
fiancée.

« Voilà un bon conseil à donner non seulement
aux futurs médecins, mais à tous ceux qui, d'une
manière ou d'une autre, ont affaire aux femmes.
Maintenant que je suis marié, que j'ai une fille,
comme je comprends ce conseil ! Mon Dieu,
comme je le comprends ! Cependant, écoutez la
suite...

« Devenue ma maîtresse, Kissotchka considéra
cette affaire autrement que moi-même. Tout
d'abord elle se mit à m'aimer passionnément et
profondément. Ce qui n'était pour moi qu'un
impromptu amoureux fort banal signifiait pour elle
un changement radical de vie. Il me sembla même,
je m'en souviens, qu'elle était devenue folle.

« Heureuse pour la première fois de sa vie, rajeu-
nie de cinq ans au moins, le visage inspiré et exalté,
débordante de joie, elle pleurait et riait à la fois et
ne cessait de rêver tout haut : comment nous allions
partir pour le Caucase le lendemain, pour Pétersbourg en automne, comment nous allions y vivre
plus tard...

« — Quant à mon mari, ne t'en inquiète pas,
dit-elle pour me rassurer, il sera obligé de m'accor-
der le divorce : toute la ville est au courant de sa
liaison avec l'aînée des Kostovitch. Nous obtien-
drons le divorce et nous nous marierons.

« Une femme amoureuse s'acclimate et s'habitue

à un homme aussi vite qu'une chatte. Kissotchka avait à peine passé une heure et demie dans ma chambre d'hôtel, que déjà elle s'y sentait chez elle et disposait de mon bien comme du sien propre. Elle rangeait mes affaires dans ma valise, me grondait de jeter sur une chaise, comme une vieille loque, un pardessus coûteux et tout neuf, au lieu de l'accrocher à un clou, et ainsi de suite.

« Quant à moi, je la regardais, je l'écoutais et ressentais de la lassitude et du dépit. En trois ou quatre heures cette femme honnête et malheureuse était devenue la maîtresse du premier venu : cette idée me scandalisait quelque peu. Cela me déplaisait, voyez-vous, à moi, un homme correct. Une autre idée s'ajoutait à celle-là, c'est que les femmes de l'espèce de Kissotchka manquaient de profondeur et de sérieux, qu'elles étaient trop attachées à la vie et que pour elles cette chose au fond futile, l'amour pour un homme, signifiait bonheur, souffrance, changement total de vie... De plus, maintenant que j'étais repu, je m'en voulais d'avoir fait l'imbécile, de m'être lié à une femme que je serais bien forcé de tromper, que je le veuille ou non. Il faut vous dire qu'en dépit de ma goujaterie je détestais mentir.

« Je revois Kissotchka, assise à mes pieds, la tête posée sur mes genoux, et qui me disait, en me regardant de ses yeux brillants et amoureux :

« — Tu m'aimes, Kolia ? Tu m'aimes beaucoup, beaucoup ?

« Et elle riait de bonheur... Cela me parut sentimental, mièvre et niais, cependant mon état d'esprit était déjà tel que je recherchais avant tout "de la profondeur dans la pensée".

« — Kissotchka, tu ferais mieux de rentrer chez toi, lui dis-je, sinon tes proches s'apercevront, Dieu nous en préserve, de ton absence et se mettront à te chercher par toute la ville. Et puis il serait gênant d'arriver à l'aube chez ta mère.

« Kissotchka me donna raison. Avant de nous séparer nous convînmes de nous retrouver le lendemain, à midi, dans le jardin public, et de partir ensemble le surlendemain pour Piatigorsk. Je sortis dans la rue pour l'accompagner ; il me souvient que pendant le trajet je la caressai avec beaucoup de tendresse et de sincérité. Il y eut un instant où elle me fit tellement pitié en se confiant à moi sans réserve que je faillis me décider à l'emmener à Piatigorsk ; mais je me rappelai aussitôt qu'il n'y avait que six cents roubles dans ma valise, et qu'en automne il serait beaucoup plus difficile de me débarrasser de la jeune femme ; et je me hâtai d'étouffer ma pitié.

« Nous arrivâmes à la maison qu'habitait la mère de Kissotchka. Je tirai la sonnette. Lorsque des pas retentirent derrière la porte, Kissotchka devint subitement grave, regarda le ciel, fit plusieurs signes de croix sur moi, comme si j'étais un enfant, puis saisit ma main et la pressa contre ses lèvres.

« — A demain, dit-elle, et elle disparut derrière la porte.

« Je traversai la rue et regardai la maison du trottoir opposé. D'abord ses fenêtres restèrent sombres ; puis derrière l'une d'elles surgit la faible lumière bleuâtre d'une bougie. Cette lumière grandit, émit des rayons, et je vis des ombres bouger dans les pièces.

« "On ne l'attendait pas", me dis-je.

« De retour à ma chambre d'hôtel, je me déshabillai, je bus du vin de Santorin, je goûtai du caviar frais et grenu que j'avais acheté au marché dans la journée, je me couchai sans hâte et m'endormis du sommeil profond et insouciant d'un touriste.

« Le matin, je me réveillai avec des maux de tête et de fort mauvaise humeur. Quelque chose me tourmentait.

« "Qu'y a-t-il ? me demandais-je, cherchant la cause de mon inquiétude. Qu'est-ce qui m'ennuie ?"

« Et je m'expliquai mon trouble par la crainte de voir arriver Kissotchka qui m'empêcherait de partir et me forcerait à lui mentir et à lui jouer la comédie. Je m'habillai à la hâte, fis mes valises et quittai l'hôtel en ordonnant au portier d'envoyer mon bagage à la gare à sept heures du soir.

« Je passai toute la journée chez un camarade médecin et quittai la ville dans la soirée. Comme vous voyez, ma "mentalité" ne m'a pas empêché de recourir à cette fuite lâche et perfide.

« Pendant tout le temps que je passai chez mon camarade et plus tard, en allant à la gare, j'étais dévoré d'inquiétude. Je me figurais que la crainte d'une rencontre avec Kissotchka à la gare et d'un scandale en était la cause. A la gare, je m'enfermai dans les cabinets jusqu'au deuxième coup de cloche et lorsque je me faufilai vers mon wagon j'eus le sentiment d'être couvert, de la tête aux pieds, d'objets volés. Avec quelle impatience, avec quelle angoisse j'attendis le troisième coup de cloche[15] !

« Il retentit enfin, ce coup de cloche bienfaisant, et le train s'ébranla. Nous dépassâmes la prison et la caserne et nous trouvâmes bientôt au milieu des champs — mais, chose étrange, mon inquiétude ne se dissipait pas ; je me sentais toujours dans la peau d'un voleur qui souhaiterait passionnément prendre la fuite. Qu'est-ce que cela signifiait ? Pour me calmer et me distraire, je regardai par la fenêtre.

« Le train suivait le rivage. La mer était immobile ; le ciel de turquoise s'y mirait gaiement et paisiblement, teinté seulement au couchant de pourpre et d'or. Çà et là, se détachaient des silhouettes noires de barques de pêcheurs et de radeaux. La ville, qui, proprette et jolie comme un jouet d'enfant, se dressait sur la rive haute, commençait déjà à se voiler de brume. Les coupoles de ses églises, les fenêtres et le feuillage, réfléchissant les rayons du soleil, flamboyaient comme de l'or en fusion... Le parfum des champs se mêlait à la fraîche humidité qui venait de la mer.

« Le train filait rapidement. J'entendais rire les voyageurs et les contrôleurs ; tous étaient gais et d'humeur insouciante, tandis que mon étrange trouble ne faisait qu'augmenter... Je regardais la brume légère qui recouvrait la ville, et dans cette brume, près des églises et des maisons, je voyais une femme au visage hébété qui courait dans tous les sens, qui me cherchait en gémissant d'une voix de petite fille ou qui répétait en chantonnant comme une actrice ukrainienne : "Ah ! mon Dieu, mon Dieu !" Je revoyais son visage grave aux grands yeux anxieux au moment où elle avait fait des signes de croix sur moi, comme sur un être très cher ; et j'examinais machinalement ma main qu'elle avait baisée.

« "Est-ce que je serais amoureux ou quoi ?" me demandai-je en me frottant la main.

« C'est seulement à la tombée de la nuit, lorsque, les autres voyageurs endormis, je restai seul en face de ma conscience, que je compris enfin la cause de mon trouble. Dans le crépuscule du wagon, l'image de Kissotchka se tenait devant moi, ne me quittait pas, et je me rendais déjà pleinement compte que le mal que j'avais fait équivalait à un assassinat. Ma conscience me tourmentait. Pour étouffer cette sensation intolérable, je me répétais que tout n'était que bêtise et vanité, que moi-même comme Kissotchka nous devions mourir et pourrir, que, comparé à la mort, son chagrin était insignifiant, et ainsi de suite... Je me disais aussi que le libre arbitre n'existait pas et que, par conséquent, je n'étais pas coupable ; mais ces arguments ne faisaient que m'irriter, et ils s'évanouissaient rapidement devant d'autres pensées. Dans ma main que Kissotchka avait baisée, je ressentais comme une sensation d'angoisse.

« Je me couchais, me levais, buvais de la vodka dans les gares, mangeais des sandwiches sans appétit, je me répétais encore que la vie n'avait pas de sens, mais rien n'y faisait. Un travail étrange et, si vous voulez, ridicule, se faisait dans ma tête. Les idées les plus disparates s'y échafaudaient, s'entremêlaient, se détruisaient mutuellement, et moi, le penseur, je baissais le front, n'arrivant pas à m'orienter dans cet amas de pensées utiles et inutiles. Il était évident que je n'avais pas encore assimilé la technique de la pensée — moi, un penseur ! — que je n'étais pas plus capable de la diriger que de réparer une montre. Pour la première fois de ma vie, je m'appliquais à réfléchir avec intensité, et cela me paraissait si singulier que je me disais : "Je deviens fou." Celui dont le cerveau ne travaille pas continuellement, mais seulement dans des moments critiques, croit facilement perdre la raison.

« Après m'être tourmenté ainsi toute une nuit, tout un jour et encore une nuit, je finis par voir clair en moi-même : je compris quel oiseau j'étais ; je compris que mes idées ne valaient pas un sou, et qu'avant ma rencontre avec Kissotchka non seulement je n'avais jamais réfléchi sérieusement, mais que je ne savais même pas ce qu'était une pensée sérieuse. Je compris aussi, à mon amère expérience, que je n'avais ni conviction, ni code moral, ni cœur, ni raison ; mon bagage intellectuel et moral se réduisait aux connaissances de spécialiste, aux bribes détachées, aux souvenirs inutiles, aux idées d'autrui, voilà tout, et mes réactions psychiques étaient aussi peu compliquées, aussi primitives que celles d'un Yakoute...

« Si je n'aimais pas mentir, si je ne volais pas, ne tuais pas et évitais de graves méfaits, ce n'était pas en raison de mes convictions — je n'en avais point — mais simplement parce que les contes de ma nounou et les lieux communs de la morale, que je considérais comme absurdes, me ligotaient bras et jambes et avaient pénétré dans ma chair et mon sang, me guidaient dans la vie à mon insu bien que je les considérais comme absurdes...

« Je compris alors que je n'étais ni un penseur ni un philosophe, mais simplement une espèce de virtuose. Dieu m'a donné un esprit sain et robuste de Russe et aussi quelque talent. Imaginez-vous ce cerveau dans sa vingt-sixième année, indiscipliné, exempt de tout bagage, seulement empoussiéré de quelques connaissances techniques. Il est jeune, il éprouve le besoin physiologique de s'exercer ; à ce moment lui vient par hasard, de l'extérieur, une belle et succulente idée sur la vie sans but et les ténèbres de l'outre-tombe. Il l'aspire avidement, lui abandonne un vaste champ d'action et se met à jouer avec elle, comme un chat avec une souris. Ce cerveau ne possède ni érudition ni système, mais qu'importe ? Il vient à bout de cette idée grandiose par ses propres forces, à la manière d'un autodidacte, et avant un mois le possesseur de ce cerveau est capable de préparer une centaine de plats succulents rien qu'avec des pommes de terre, et il se croit un penseur...

« Cette virtuosité, cette manière de jouer au penseur sérieux, notre génération l'a importée dans la littérature, la science et la politique, partout à quoi sa paresse ne l'a pas empêchée de s'intéresser : avec sa virtuosité, elle a apporté sa froideur, son ennui, son caractère borné et, à ce qu'il me semble, elle a déjà réussi à inculquer aux masses une attitude nouvelle, encore jamais vue, face à toute pensée sérieuse.

« L'expérience du malheur m'a permis de comprendre à quel point j'étais anormal et ignorant. Et il me semble aujourd'hui que je ne sais penser normalement que depuis le jour où, talonné par ma conscience, je revins à N... et là, sans plus tricher, me confessai à Kissotchka, la suppliai, comme un gamin, de me pardonner, et pleurai avec elle... »

Ananiev raconta brièvement sa dernière entrevue avec Kissotchka et se tut.

— Eh bien, eh bien, dit l'étudiant entre ses dents, lorsque l'ingénieur eut fini, on en apprend de belles !

Son visage reflétait, comme avant, la paresse intellectuelle ; visiblement, le récit d'Ananiev ne l'avait nullement touché. Mais lorsque, après un instant de silence, l'ingénieur se remit à développer sa pensée et à répéter ce qu'il avait déjà dit, l'étudiant fit une grimace d'impatience, se leva de table et alla à son lit. Il l'apprêta pour la nuit et commença à se déshabiller.

— A vous voir, on dirait que vous avez vraiment convaincu quelqu'un ! dit-il avec irritation.

— Moi, convaincre quelqu'un ? dit l'ingénieur. Mon ami, est-ce que j'ai cette prétention ? Que Dieu vous garde ! Il est impossible de vous convaincre. Vous n'arriverez à une conviction que par votre expérience personnelle et par la souffrance !

— Et puis, quelle logique étonnante, grommela l'étudiant en mettant sa chemise de nuit. D'après vous, ces idées que vous détestez sont funestes pour les jeunes, mais normales pour les vieux. Comme s'il s'agissait là de cheveux blancs ! Pourquoi ce privilège des vieillards ? Sur quoi le fondez-vous ? Si c'est un poison, il est également dangereux pour tous.

— Eh non, mon ami, ne dites pas cela ! s'écria l'ingénieur en clignant malicieusement de l'œil, ne dites pas cela ! Tout d'abord les vieillards ne sont pas des virtuoses. Leur pessimisme ne leur vient pas par hasard, ni de l'extérieur, mais de la profondeur de leur cerveau, après avoir étudié tous les Kant et Hegel, après avoir souffert, commis un tas d'erreurs, en un mot, après avoir monté l'escalier de la première marche à la dernière. Leur pessimisme est fondé à la fois sur une expérience personnelle et sur une solide culture philosophique. Et puis, pour les vieillards qui savent penser, le pessimisme n'est pas un amusement, comme pour nous autres, mais un mal du siècle, une souffrance ; il a le christianisme pour base, car il découle de l'amour du prochain ; il est totalement exempt de l'égoïsme qu'on observe chez les "virtuoses". Vous méprisez la vie, parce que le sens et le but vous en sont cachés, à vous personnellement ; vous ne craignez que votre propre mort, tandis qu'un vrai penseur souffre de savoir que la vérité est cachée à tous, et éprouve de la crainte pour l'humanité tout entière.

« Un exemple : non loin d'ici habite un forestier, un fonctionnaire, qui se nomme Ivan Alexandrytch. C'est un brave petit vieux. Jadis, il a été professeur, puis il s'est mêlé d'écrire. Dieu sait ce qu'il a fait encore, mais il est d'une intelligence remarquable et très fort en philosophie. Il a beaucoup lu, et il lit toujours. Eh bien, il y a peu de temps, je l'ai rencontré dans le secteur de Grouzovsk. Ce jour-là, les ouvriers étaient en train de poser des rails et des traverses. Ce n'est pas un travail bien malin, mais un profane comme Ivan Alexandrytch y vit un vrai tour de prestidigitation. Poser une traverse et fixer un rail dessus, cela ne demande pas plus d'une minute à un ouvrier expérimenté. Ce jour-là, les ouvriers étaient bien en train, ils travaillaient en effet avec rapidité et adresse, surtout un gars, qui atteignait la tête d'un clou du premier coup, avec une habileté remarquable, bien que le manche du marteau mesurât près d'une sagène et que chaque clou eût un pied de longueur. Ivan Alexandrytch observa ces ouvriers pendant un bon moment et finit par me dire, tout attendri, les larmes aux yeux : "Quel dommage que ces hommes remarquables aient à mourir !" Voilà un genre de pessimisme que j'estime !

— Tout cela ne prouve et n'explique rien, dit l'étudiant en s'enveloppant dans son drap ; c'est parler pour ne rien dire ! Personne ne sait rien, et les paroles ne sont pas une preuve ! ·

Il sortit sa tête du drap et dit rapidement, avec une grimace irritée :

— Il faudrait être très naïf pour croire et pour attacher une importance décisive aux discours et à la logique. Avec des mots, on peut prouver ou réfuter n'importe quoi ; bientôt la technique du langage sera perfectionnée à tel point qu'on pourra prouver mathématiquement que deux et deux font sept. J'aime bien écouter et lire, mais quant à croire, mille mercis ! je ne le peux et je ne le veux pas. Je ne croirais que Dieu, mais vous, vous pourriez parler jusqu'aux calendes grecques et séduire encore cinq cents Kissotchka, que je ne vous croirais pas, à moins d'être fou... Bonne nuit !

Il enfouit sa tête sous le drap et se tourna vers le mur, nous signifiant par là qu'il ne voulait plus ni écouter ni parler. La discussion prit fin là-dessus.

Avant de nous coucher, nous sortîmes de la baraque, l'ingénieur et moi, et je revis les feux.

— Nous vous avons fatigué avec notre bavardage, dit Ananiev en bâillant et en regardant le ciel. Que voulez-vous, mon petit père ! Dans ce bled ennuyeux il n'y a pas d'autre plaisir que de boire du vin et de philosopher un peu... Quel remblai, Seigneur ! dit-il d'un air attendri, lorsque nous nous en approchâmes. Ce n'est pas un remblai, c'est le mont Ararat !

Il ajouta, après un silence :

— Au baron, ces feux rappellent les Amalécites, et pour moi, ils évoquent les pensées humaines... Vous savez bien, les pensées de tout homme sont aussi dispersées, aussi désordonnées que ces feux ; leur orientation unanime vers un but lointain demeure obscure, et, sans rien illuminer, sans dissiper les ténèbres, elles s'évanouissent au terme de notre existence... Mais assez philosophé ! Il est temps de faire dodo...

Lorsque nous revînmes dans la baraque, l'ingénieur me pria instamment de me coucher dans son lit.

— Faites-moi ce plaisir, disait-il d'un ton suppliant en pressant ses deux mains contre son cœur, je vous en prie ! Et ne vous en faites pas pour moi. Je peux dormir n'importe où, et d'ailleurs je ne me coucherai pas de sitôt. Vous m'obligeriez !

J'acceptai, je me déshabillai et me couchai, tandis que lui s'assit à sa table de travail et se remit à ses dessins techniques.

— Nous autres, mon petit père, nous n'avons pas le temps de dormir, dit-il à mi-voix, lorsque, couché, je fermai les yeux ; celui qui a une femme et deux gosses a d'autres soucis. Il faut les nourrir et les vêtir, et encore penser au lendemain. J'en ai deux : un petit garçon et une fillette. Le gamin a une bonne bouille. Il n'a pas encore six ans, mais, je vous le dirai franchement, il a des dons extraordinaires. J'avais leurs photos quelque part... Ah ! mes petits, mes petits !

Il fouilla dans ses papiers, trouva les photos et se mit à les contempler. Je m'endormis.

Ce furent les aboiements d'Azorka et un bruit de voix qui me réveillèrent. Von Stenberg se tenait sur le seuil, en sous-vêtements, pieds nus, les cheveux ébouriffés, et parlait à haute voix avec quelqu'un. Le jour se levait. L'aube bleue et maussade entrait par la porte, par les fenêtres et les fentes de la baraque et éclairait faiblement mon lit, la table couverte de papiers et aussi l'ingénieur. Étendu par terre sur une *bourka*[16], un coussin de cuir sous la tête, bombant sa poitrine charnue et velue, Ananiev dormait et ronflait si fort que je plaignis de tout mon cœur l'étudiant qui devait partager sa chambre toutes les nuits.

— Pourquoi veux-tu que nous les prenions ? criait von Stenberg, cela ne nous concerne pas ! Va trouver l'ingénieur Tchalissov ! D'où viennent-elles, ces chaudières ?

— De chez Nikitine, répondit une voix de basse, lugubre.

— Eh bien, va trouver Tchalissov ! Ce n'est pas notre rayon. Que diable attends-tu encore ? Vas-y !

— Nous avons déjà été chez M. Tchalissov, Votre Noblesse, dit la basse, de plus en plus lugubre. Hier, nous l'avons cherché partout sur la ligne, et dans sa baraque on nous a dit comme ça qu'il était parti pour la section de Dymkov. Prenez les chaudières, monsieur, ayez cette bonté ! Combien de temps nous faudra-t-il encore les promener ? Nous les traînons d'un bout à l'autre de la ligne, on n'en voit pas la fin....

— Qu'est-ce que c'est ? dit d'une voix rauque Ananiev qui venait de s'éveiller, et il leva rapidement la tête.

— On a amené des chaudières de chez Nikitine, dit l'étudiant, il demande que nous les prenions. En quoi cela nous regarde-t-il ?

— Fichez-le dehors !

— Ayez la bonté d'en finir, Votre Noblesse ! Voilà deux jours que les chevaux n'ont pas mangé, et le patron est sans doute en colère. Faut-il ramener les chaudières, ou quoi ? C'est le chemin de fer qui les a commandées, c'est à lui de les prendre.

— Mais comprends donc enfin, espèce de bûche, que cela ne nous concerne pas ! Va trouver Tchalissov !

— Qu'est-ce que c'est ? Qui est là ? dit encore Ananiev de sa voix enrouée. Que le diable les emporte ! jura-t-il en se levant et en allant vers la porte. Qu'est-ce qu'il y a ?

Je m'habillai, et deux minutes plus tard je sortis de la baraque. Ananiev et l'étudiant, tous deux en sous-vêtements et pieds nus, étaient en train d'expliquer quelque chose, avec ardeur et impatience, au moujik qui, sans bonnet, un fouet à la main, se tenait devant eux et visiblement ne les comprenait pas. Les soucis les plus ordinaires étaient inscrits sur le visage des deux hommes.

— Que veux-tu que je fasse de tes chaudières ?

criait Ananiev. Veux-tu que je m'en coiffe, ou quoi ? Si tu n'as pas trouvé Tchalissov, va chercher son adjoint et laisse-nous tranquilles.

En me voyant, l'étudiant se souvint sans doute de notre conversation nocturne, car l'expression de paresse cérébrale apparut de nouveau sur son visage ensommeillé. Il fit un geste dans la direction du moujik et, pensant à autre chose, s'en alla à l'écart.

Le temps était couvert. Sur la ligne, là où la nuit avaient brillé les feux, des ouvriers qui venaient de s'éveiller s'affairaient déjà. Une journée de travail commençait. On entendait des voix et le grincement de brouettes. Une pauvre rosse, harnachée de cordes, montait péniblement vers le remblai et, tendant son cou de toutes ses forces, traînant derrière elle une télègue pleine de sable...

Je commençai à faire mes adieux. Nous avions parlé de bien des choses la nuit précédente, mais aucune question ne me semblait résolue, et de toute cette conversation ma mémoire n'avait gardé, comme un filtre, que les feux nocturnes et l'image de Kissotchka.

Montant à cheval, je jetai un dernier regard à l'étudiant, à Ananiev, au chien hystérique, dont les yeux étaient troubles et comme enivrés, aux ouvriers que je distinguais à peine dans la brume matinale, à la rosse qui tendait le cou, et je pensai : « On ne comprend rien, en ce monde ! »

Et lorsque, ayant frappé mon cheval, je partis au galop le long de la ligne de chemin de fer, et que, un peu plus tard, je ne vis devant moi que la morne plaine infinie et le ciel froid et couvert, les questions que nous avions débattues, la nuit, me revinrent encore à l'esprit. Je réfléchissais ; et la plaine brûlée par le soleil, le ciel immense, les sombres contours de la forêt de chênes et les lointains brumeux semblaient me dire : « Non, on ne comprend rien, en ce monde... »

Le soleil se levait...

1888.

CHEZ DES AMIS

Le courrier du matin lui apporta cette lettre :

« Cher Micha, vous nous avez complètement oubliés ! Venez vite, nous voulons vous revoir. Nous vous en supplions toutes les deux à genoux, venez aujourd'hui même ! Montrez-nous vos beaux yeux.

TA ET VA.

Kouzminki, le 7 juin. »

C'était une lettre de Tatiana Alexéievna Lossev, que jadis, lorsque Podgorine faisait de longs séjours à Kouzminki — il y avait de cela dix ou douze ans — on appelait « Ta » par abréviation. Mais qui était « Va » ?

Podgorine évoqua en pensée de longues conversations, des rires joyeux, des histoires d'amour, des promenades du soir, et tout le bouquet de jeunes filles et de jeunes femmes qui vivaient alors dans la propriété de Kouzminki ou aux environs — et il revit un visage assez ordinaire, mais plein de vie et d'intelligence, et semé de taches de rousseur, qui s'harmonisaient si bien avec la chevelure d'un roux foncé — le visage de Varia ou Varvara Pétrovna, l'amie de Tatiana. Depuis, elle avait terminé ses études de médecine et exerçait son métier dans une usine, quelque part près de Toula. Sans doute se trouvait-elle maintenant en séjour à Kouzminki.

« Chère Varia, se dit Podgorine, en s'abandonnant à ses souvenirs, comme elle est gentille ! »

Tania, Varia et lui-même avaient presque le même âge ; cependant, comme lui n'était alors qu'un étudiant, tandis qu'elles étaient des jeunes filles à marier, elles le traitaient en gamin. Et aujourd'hui encore, bien qu'il fût déjà devenu avocat et que ses cheveux commencent à grisonner, les jeunes femmes continuaient à l'appeler Micha[1], le considéraient comme un très jeune homme, et affirmaient qu'il ne connaissait encore rien de la vie.

Il les aimait beaucoup, mais davantage dans ses souvenirs, lui semblait-il, qu'en réalité. La vie actuelle à Kouzminki lui était peu familière et lui paraissait incompréhensible et étrange. Étrange aussi cette lettre, brève et enjouée, qu'elles avaient sans doute longuement et laborieusement composée ; et pendant que Tatiana écrivait, Sergueï Serguéitch, son mari, devait se tenir derrière elle...

La propriété de Kouzminki n'avait été donnée en dot à Tatiana que six ans auparavant ; mais ce même Sergueï Serguéitch n'avait pas tardé à la mettre en coupe réglée. Et maintenant, chaque fois qu'il fallait payer des intérêts à la banque ou pour les hypothèques, on s'adressait à Podgorine pour lui demander conseil en sa qualité de juriste ; bien plus, à deux reprises, on lui avait déjà emprunté de l'argent. Manifestement, aujourd'hui encore, on attendait de lui un conseil ou un prêt.

Kouzminki ne l'attirait déjà plus comme jadis : le domaine était devenu triste. Finis les rires, le bruit, disparus les visages gais et insouciants ; plus de rendez-vous au clair de lune, dans la nuit paisible, et, surtout, plus de jeunesse ; d'ailleurs, tout cela n'était sans doute charmant que dans son souvenir...

Là-bas, il n'y avait pas seulement Ta et Va, mais encore une sœur de Tatiana, « Na » ou Nadéjda, que, sur un ton mi-plaisant, mi-sérieux, on appelait la fiancée de Podgorine. Elle avait grandi sous ses yeux ; on comptait qu'il allait l'épouser, et, pendant un temps, il en avait été épris et avait projeté de la demander en mariage ; cependant elle avait déjà vingt-trois ans passés, et il n'en avait rien fait.

« Comment en est-on arrivé là, se disait-il avec embarras en relisant la lettre, mais comment ne pas y aller ? Ils seraient vexés... »

Le fait d'avoir longtemps négligé les Lossev pesait lourdement sur sa conscience. Après avoir arpenté la pièce et délibéré avec lui-même, il fit un effort et décida d'aller passer quelque trois jours à Kouzminki, de s'acquitter de cette corvée, pour être libre et tranquille au moins jusqu'à l'été prochain. Et, s'apprêtant à partir après le déjeuner pour la gare de Brest, il dit à sa domesticité qu'il serait de retour dans trois jours.

Il y avait deux heures de train de Moscou à la station de Kouzminki ; ensuite, on avait encore vingt minutes de voiture. Dès l'arrivée à la gare, on apercevait la forêt qui appartenait à Tatiana et les trois hauts pavillons que Lossev avait commencé à faire bâtir et qu'il avait abandonnés par la suite. Dans les premières années de sa vie conjugale, il s'était lancé dans toutes sortes d'affaires. C'étaient ces pavillons et d'autres entreprises qui l'avaient ruiné, mais aussi ses fréquents voyages à Moscou, où il déjeunait au Bazar Slave, dînait à l'Ermitage et finissait à la Malaïa Bronnaïa ou à la Jivoderka, chez des Tziganes[2]. (Il appelait cela « se secouer un peu ».) Il arrivait à Podgorine lui-même de boire pas mal parfois, et il n'était pas difficile sur le choix des femmes, mais, dans la débauche, il restait toujours froid et indifférent, n'en tirant aucun plaisir et ressentant du dégoût quand d'autres, en sa présence, s'y livraient avec passion. Il ne comprenait pas les hommes qui se sentaient plus à leur aise à la Jivoderka que chez eux, auprès de femmes honnêtes. Il n'aimait pas les hommes de cette espèce :

toute impureté, lui semblait-il, s'accrochait à eux
comme des fruits de bardane. Et il n'aimait pas
Lossev, le jugeant peu intéressant, incapable et
paresseux ; en sa société, il avait plus d'une fois
éprouvé de la répugnance...

Sergueï Serguéitch et Nadéjda le rencontrèrent à
l'orée de la forêt.

— Mon cher ami, pourquoi nous avez-vous
oubliés ? dit Sergueï Serguéitch, en l'embrassant
par trois fois et en lui entourant la taille de ses deux
bras, vous ne nous aimez donc plus, mon vieux ?

Il avait les traits gros, le nez épais, une barbiche
châtain clairsemée ; il portait la raie sur le côté, à la
manière des marchands, pour se donner un air de
simplicité et l'aspect d'un vrai Russe. En parlant, il
envoyait son haleine dans la figure de son interlocuteur ; et quand il se taisait, il soufflait péniblement par le nez. Son corps trop bien nourri, son
embonpoint le gênaient ; pour respirer plus facilement, il bombait la poitrine, ce qui lui donnait un
air hautain. Près de lui, Nadéjda, sa belle-sœur,
paraissait un être aérien. C'était une jeune fille aux
cheveux très clairs, pâle et svelte, aux yeux bons et
caressants. Était-elle belle ? Podgorine n'aurait su le
dire, car, l'ayant connue alors qu'elle était enfant, il
était habitué à son physique. Elle portait une robe
blanche, assez décolletée, et l'aspect insolite de son
long cou, blanc et nu, le frappa d'une façon plutôt
désagréable.

— Ma sœur et moi, nous vous attendons depuis
le matin, dit-elle, et Varia, qui est chez nous, vous
attend aussi.

Tout en prenant son bras, elle rit brusquement,
sans raison apparente, et poussa un petit cri de joie,
comme charmée par une pensée secrète. Le champ
de blé mûr, que n'agitait aucun souffle de vent, la
forêt illuminée par le soleil étaient très beaux ; on
eût dit que Nadéjda ne s'en apercevait que depuis
qu'elle marchait au côté de Podgorine.

— Je viens chez vous pour trois jours, dit-il, pardonnez-moi : il m'a été impossible de m'arracher plus tôt à mes affaires de Moscou.

— C'est vilain, c'est vilain, vous nous avez complètement oubliés, dit Sergueï Serguéitch avec un air de doux reproche. *Jamais de ma vie !* s'écriat-il brusquement, et il fit claquer ses doigts.

Il avait l'habitude de lancer ainsi, sous forme exclamative, et à la surprise de son interlocuteur, une phrase tout à fait étrangère à la conversation et de faire claquer ses doigts. Et il était toujours en train d'imiter quelqu'un : s'il montrait le blanc des yeux ou rejetait ses cheveux en arrière d'un geste négligent, ou devenait emphatique, on devinait que la veille il était allé au théâtre ou qu'il avait entendu des discours dans quelque dîner. Maintenant il marchait comme un podagre, à petits pas, les genoux raides — sans doute pour imiter encore quelqu'un.

— Savez-vous que Tania ne croyait pas à votre venue ? dit Nadéjda, mais, Varia et moi-même, nous avions un pressentiment. Pour ma part, j'étais sûre, je ne sais pourquoi, que vous prendriez ce train et pas un autre.

— *Jamais de ma vie !* répéta Sergueï Serguéitch.

Les dames les attendaient au jardin, sur la terrasse. Dix ans auparavant, Podgorine, alors étudiant impécunieux, donnait à Nadéjda, en échange du logement et de la nourriture, des leçons de mathématiques et d'histoire, et Varia, étudiante elle aussi, prenait avec lui, par la même occasion, des leçons de latin.

Quant à Tania, qui était alors une belle jeune fille pleinement épanouie, elle ne pensait qu'à l'amour, ne désirait qu'amour et bonheur, les désirait avec passion, et vivait dans l'attente d'un fiancé dont elle rêvait nuit et jour. Et maintenant, ayant déjà

* En français dans le texte.

dépassé la trentaine, toujours aussi belle et très
avenante dans son large peignoir qui découvrait ses
bras ronds et blancs, elle n'était préoccupée que de
son mari et de ses deux fillettes ; malgré son bavardage et ses sourires, on voyait à son expression
qu'elle ne s'oubliait pas, et que, jalouse de ses
droits, elle veillait sur son amour, prête à tout instant à se ruer sur l'ennemi qui voudrait lui prendre
son mari et ses enfants. Elle aimait ardemment, se
croyait aimée en retour, mais la jalousie et ses
craintes pour les enfants la tourmentaient sans trêve
et l'empêchaient d'être heureuse.

Après une bruyante rencontre sur la terrasse, ils
allèrent tous, sauf Sergueï Serguéitch, dans la
chambre de Tatiana. Là, les stores baissés arrêtaient les rayons du soleil ; dans la pénombre, les
roses d'un grand bouquet semblaient être toutes
d'une même teinte.

On mit Podgorine dans un vieux fauteuil près de
la fenêtre. Nadéjda s'installa à ses pieds, sur un
petit banc. Il savait que les reproches affectueux, les
plaisanteries et les rires, qui fusaient autour de lui,
rappelant si vivement le passé, seraient suivis de
conversations désagréables sur les traites et les
hypothèques ; c'était inévitable, et il se dit qu'il
valait mieux en venir là tout de suite, sans attendre,
afin d'en être quitte et de pouvoir aller dans le
jardin, en plein air...

— Si nous parlions affaires d'abord ? proposa-
t-il. Quoi de neuf à Kouzminki ? Tout va-t-il bien
au royaume de Danemark ?

— Non, ça va mal à Kouzminki, dit Tatiana
avec un triste soupir, oh ! ça va mal, si mal, que cela
ne pourrait guère être pire — et, tout agitée, elle fit
quelques pas dans la chambre. On vend la propriété, la vente est fixée pour le sept août, c'est déjà
affiché, et les acheteurs viennent ici, visitent les
pièces, regardent partout... N'importe qui a maintenant le droit de venir dans ma chambre et de voir

ce qui lui plaît. C'est peut-être normal du point de vue juridique, mais moi, je me sens humiliée, profondément blessée... Nous n'avons pas d'argent et plus personne à qui emprunter. Bref, c'est affreux, c'est affreux ! Je vous le jure, continua-t-elle, en s'arrêtant au milieu de la chambre — sa voix trembla, et des larmes jaillirent de ses yeux — je vous le jure sur tout ce que j'ai de plus sacré, sur le bonheur de mes enfants : je ne peux pas vivre sans Kouzminki ! J'y suis née, c'est mon nid, et si l'on me le prend, je n'y survivrai pas, je mourrai de désespoir !

— Je crois que vous voyez les choses trop en noir, dit Podgorine, tout finira par s'arranger. Votre mari prendra du service, vous acquerrez d'autres habitudes. Une vie nouvelle commencera pour vous.

— Comment pouvez-vous dire cela ! s'écria Tatiana. — Elle paraissait à ce moment très belle et très forte ; et l'on voyait nettement à son visage, à son attitude, qu'elle était prête à se précipiter à tout instant sur l'adversaire qui voudrait lui prendre son mari, ses enfants et son foyer. — De quelle vie nouvelle parlez-vous ? Sergueï fait des démarches, on lui a promis une place d'inspecteur des contributions quelque part dans le gouvernement d'Oufa ou de Perm, et je suis prête à aller n'importe où, même en Sibérie, et à y passer dix ou vingt ans, mais je veux être sûre de retourner tôt ou tard à Kouzminki. Je ne peux pas vivre sans mon Kouzminki et je ne le veux pas. Non, je ne veux pas ! cria-t-elle en tapant du pied.

— Vous êtes avocat, Micha, dit Varia, un chicaneur ; à vous de nous indiquer ce qu'il faut faire.

La seule réponse juste et sensée était qu'il n'y avait rien à faire, mais Podgorine n'osa pas le dire carrément et marmonna, indécis :

— Il faut y réfléchir... J'y réfléchirai.

Il y avait deux êtres en lui. En tant qu'avocat, il

lui arrivait de plaider des causes vulgaires ; au tribunal et avec ses clients, il se montrait hautain et
exprimait son opinion sans détour, d'une manière
tranchante ; il faisait avec ses camarades une noce
plus ou moins crapuleuse ; mais dans sa vie intime,
à l'égard de ses proches ou de ses vieux amis, il
faisait preuve d'une extrême délicatesse, il était
timide et sensible et n'osait pas dire les choses
brutalement. Une larme, un regard oblique, un
mensonge ou simplement un geste déplacé lui faisaient perdre contenance et annihilaient sa volonté.
Maintenant que Nadéjda était assise à ses pieds et
que la vue de son cou dénudé lui déplaisait, il en
éprouvait de la gêne au point de vouloir repartir.
Un an auparavant, il avait rencontré Sergueï Serguéitch à la Malaïa Bronnaïa, chez une dame de
mœurs légères et aujourd'hui il en était gêné devant
Tatiana, comme s'il avait lui-même participé à la
trahison.

Cette conversation au sujet de Kouzminki le
mettait dans un grand embarras. Il était habitué à
voir toutes les questions délicates ou pénibles tran-
chées par les juges, ou les jurés, ou tout simplement
par un article de code ; mais lorsqu'une telle question lui était soumise, à lui personnellement, il s'y
perdait.

— Micha, vous êtes notre ami, nous vous
aimons tous comme si vous étiez de la famille, dit
Tatiana, je vous avouerai franchement que vous
êtes notre unique espoir. Dites-nous, pour l'amour
de Dieu, que faut-il faire ? Faut-il présenter une
pétition ? Peut-être n'est-il pas trop tard pour
mettre la propriété au nom de Varia ou de Nadia ?
Que faire ?

— Tirez-nous d'affaire, Micha, dit Varia en allumant une cigarette. Vous avez toujours été un garçon intelligent. Vous êtes encore jeune, vous n'avez
pas beaucoup vécu, mais vous avez une cervelle
solide. Vous aiderez Tania, j'en suis sûre.

— Il faudra y réfléchir... Peut-être trouverai-je quelque chose.

Ils allèrent se promener dans le jardin, puis sortirent dans les champs. Sergueï Serguéitch les accompagnait. Prenant le bras de Podgorine, il tâchait de l'entraîner en avant, visiblement désireux de lui parler du triste état de ses affaires. Cependant c'était une torture que de marcher à côté de Sergueï Serguéitch et de parler avec lui. Il ne cessait de vous embrasser, toujours à trois reprises, de vous prendre le bras, de vous enlacer la taille, de vous souffler dans la figure, et l'on avait l'impression qu'il était enduit de colle sucrée et qu'il allait s'agglutiner à vous. Et son regard, où l'on pouvait lire qu'il avait besoin de Podgorine et allait à l'instant lui demander quelque chose, produisait sur celui-ci une impression pénible : comme si l'autre le visait avec un revolver.

Le soleil se couchait. L'obscurité commençait à tomber. Çà et là, le long de la ligne de chemin de fer, des feux rouges et verts s'allumèrent. Varia s'arrêta, et, le regard fixé sur ces feux, se mit à réciter :

« La voie est toute droite ; des remblais étroits,
Des piliers, et des rails et des ponts,
Et, de deux côtés, des ossements d'hommes russes...
Combien sont-ils là[3] ? »

— Et après ? Mon Dieu, j'ai tout oublié !

« Nous succombions dans la chaleur torride, dans le
[froid,
Le dos éternellement courbé... »

Elle récitait ces vers d'une belle voix grave, avec un sentiment sincère. Le sang afflua à son visage, et des larmes brillèrent dans ses yeux. C'était l'ancienne Varia, Varia l'étudiante ; en l'écoutant,

Podgorine évoqua le passé et se souvint que, jadis, il savait, lui aussi, beaucoup de belles poésies par cœur et aimait à les réciter.

> « *Il n'a toujours pas redressé son dos déformé,*
> *Il continue à garder son silence obtus...* »

Mais Varia n'en savait pas plus long... Elle se tut, eut un faible et vague sourire, et, après cette récitation, les feux verts et rouges leur parurent à tous bien tristes...

— Ah ! j'ai tout oublié !

Alors Podgorine retrouva brusquement les vers qui par hasard avaient survécu dans sa mémoire depuis ses années d'études, et il récita doucement, à mi-voix :

> « *Le peuple russe a supporté assez de maux,*
> *Il a supporté ce chemin de fer,*
> *Il en supportera d'autres — et de sa poitrine*
> *Il percera une route pour lui, une route large et*
>   *[claire,*
> *Dommage seulement...* »

— Dommage seulement, interrompit Varia qui se rappela la suite :

> « *Dommage seulement que ni toi ni moi,*
> *Nous ne serons plus là à cette belle époque !* »

Elle rit et lui donna une tape sur l'épaule.

Rentrés à la maison, ils se mirent à table. Sergueï Serguéitch enfonça d'un geste négligent un coin de sa serviette dans son col, pour imiter encore quelqu'un.

— Buvons un coup, dit-il en se versant à lui-même ainsi qu'à Podgorine un verre de vodka. Nous autres, les anciens étudiants, nous savions aussi bien boire que parler et agir. Je bois à la vôtre, mon vieux, et vous, buvez à la santé d'un vieil imbécile d'idéaliste et souhaitez-lui de mourir idéaliste. Seule la tombe redressera le bossu.

Durant le dîner, Tatiana ne cessait de jeter à son mari des regards de tendresse ; elle était jalouse et toujours inquiète de lui voir manger ou boire quelque chose qui pourrait lui faire du mal. Elle le croyait gâté par les femmes et blasé, et cela la flattait, tout en la faisant souffrir. Varia et Nadia, elles aussi, se montraient affectueuses avec lui et l'observaient non sans inquiétude, comme si elles craignaient de le voir les quitter brusquement. Lorsqu'il fit mine de se verser un autre verre, Varia prit un air fâché et lui dit :

— Vous voulez donc vous empoisonner, Serguei Serguéitch ? Un homme nerveux et impressionnable comme vous pourrait facilement devenir alcoolique. Tania, fais emporter la vodka.

En général, Serguei Serguéitch avait beaucoup de succès auprès des femmes. Elles admiraient sa haute taille, son allure athlétique, ses gros traits, son oisiveté et ses malheurs. Elles disaient qu'il était prodigue, parce que trop bon ; dénué de sens pratique, parce qu'idéaliste ; honnête et pur, il ne savait s'adapter ni aux hommes ni aux circonstances, et c'est pourquoi il était pauvre et ne trouvait pas d'occupations précises. Elles avaient en lui une confiance absolue, l'adoraient et l'avaient tellement gâté par leur idolâtrie qu'il avait fini lui-même par se croire idéaliste, dénué de sens pratique, honnête et pur, et par surcroît infiniment supérieur à toutes ces femmes.

— Pourquoi ne dites-vous rien de mes filles ? demanda Tatiana en regardant amoureusement ses deux fillettes qui étaient bien portantes, bien nourries, rondes comme des brioches, et dont elle remplissait de riz les assiettes. Regardez-les donc un peu mieux ! On prétend que toutes les mères louent leurs enfants, mais, moi, je vous assure, je suis

impartiale : mes filles sont extraordinaires. Surtout
l'aînée.

Podgorine lui souriait, il adressait des sourires
aux fillettes, mais il lui semblait étrange que cette
vigoureuse jeune femme, qui n'était rien moins que
sotte, que cet être en réalité fort complexe dépensât
toute son énergie, toutes ses forces vitales à un
travail aussi simple, aussi mesquin que l'aménage-
ment de son foyer qui, d'ailleurs, était déjà amé-
nagé.

« Peut-être est-ce nécessaire, pensait-il, mais ce
n'est pas intéressant, ni intelligent... »

> *« Il n'eut pas le temps de dire "Oh !"*
> *que l'ours lui sauta sur le dos[4] »*

cita Serguéï Serguéitch en faisant claquer ses
doigts.

Après le dîner, Tatiana et Varia installèrent Podgorine sur un divan et se mirent à lui parler, toujours des affaires.

— Nous nous devons de tirer Serguéï d'embarras, dit Varia, c'est notre devoir moral. Il a ses
faiblesses, il est prodigue, il ne pense pas aux lende-
mains difficiles, mais c'est parce qu'il est trop bon
et trop généreux. Il a le cœur d'un enfant. Donnez-
lui un million, dans un mois il ne lui en restera rien :
il aura tout distribué.

— C'est vrai, c'est vrai, dit Tatiana, et des
larmes inondèrent ses joues. Il m'a fait terriblement
souffrir, mais je dois reconnaître que c'est un
homme merveilleux.

Et toutes les deux, Tania et Varia, ne purent se
refuser le cruel plaisir d'adresser un reproche à
Podgorine :

— Votre génération à vous, Micha, est bien différente !

« Que vient faire la génération là-dedans ? » se dit
le jeune homme, « Lossev est mon aîné de six ans
tout au plus. »

— Il n'est pas facile de vivre en ce monde, dit
Varia en soupirant, l'homme est continuellement
menacé : tantôt, c'est votre propriété qu'on veut
vous prendre, tantôt c'est un de vos proches qui
tombe malade et dont vous craignez qu'il ne meure,
et il en est ainsi tous les jours ! Mais qu'y faire, mes
amis ? Il faut se soumettre, sans murmurer, à la
volonté supérieure, il ne faut pas oublier que rien
ici-bas n'est dû au hasard, que tout est subordonné
à un but lointain. Vous n'avez pas encore beaucoup
vécu, Micha, ni beaucoup souffert, et vous allez
vous moquer de moi ; eh bien, moquez-vous, néanmoins je vous dirai ceci : à l'époque la plus inquiète
de ma vie, j'ai été, en différents cas, douée de
voyance ; mon âme en a été bouleversée, et maintenant je sais que rien n'est fortuit et que tout ce qui
nous arrive dans la vie est nécessaire...

Combien cette Varia, aux cheveux déjà gris, serrée dans son corset, vêtue, selon la mode du jour,
d'une robe aux manches gigot, cette Varia, qui
tournait une cigarette entre ses doigts longs et
maigres et, Dieu sait pourquoi, agités d'un conti-
nuel tremblement, cette Varia, encline au mysti-
cisme et qui parlait d'une voix si molle et si monotone, combien cette Varia ressemblait peu à
l'étudiante aux cheveux roux, enjouée, bruyante et
hardie d'autrefois !

« Qu'est-il advenu de tout cela ? » se demanda
Podgorine qui l'écoutait avec ennui.

— Chantez-nous donc quelque chose, Varia,
dit-il pour couper court aux propos sur la voyance,
vous chantiez si bien jadis !

— Hélas ! Micha, c'est fini. On ne ressuscite pas
le passé.

— Alors, récitez-nous du Nekrassov.

— J'ai tout oublié. Tout à l'heure, cela m'est
revenu comme malgré moi.

En dépit de son corset et de ses manches gigot,
on voyait qu'elle ne roulait pas sur l'or et qu'elle ne

devait pas manger tous les jours à sa faim dans sa fabrique de Toula. Et l'on voyait aussi qu'elle était surmenée : son dur travail si monotone, son éternelle manie de se mêler des affaires d'autrui et le souci qu'elles lui donnaient l'avaient épuisée et vieillie. En observant son visage mélancolique, déjà fané, Podgorine se disait qu'au fond Varia elle-même avait davantage besoin d'aide que la propriété ou que Serguéï Serguéitch dont elle défendait la cause avec tant de chaleur.

Malgré les études supérieures qu'elle avait faites et son métier de médecin, elle était restée très femme. Tout comme Tatiana, elle raffolait des mariages, des accouchements et des baptêmes, elle aimait les longues conversations sur les enfants, les romans terrifiants au dénouement heureux ; dans les journaux, elle ne lisait que les descriptions d'incendies, d'inondations et de solennités ; elle désirait de tout cœur que Podgorine demandât Nadéjda en mariage, et, si cela arrivait, elle en verserait des larmes d'attendrissement.

Effet d'un hasard ou d'une manœuvre de Varia ? Toujours est-il qu'il resta en tête à tête avec Nadéjda ; mais, soupçonnant qu'on l'observait, qu'on attendait de lui quelque chose, il se sentait gêné et embarrassé ; seul à seul avec la jeune fille, il avait l'impression d'être enfermé avec elle dans une cage.

— Allons au jardin, proposa Nadéjda.

Ils y allèrent ; lui, mécontent, dépité, ne sachant de quoi lui parler ; elle, joyeuse, fière de sa compagnie, heureuse sans doute d'en jouir encore pendant trois jours, remplie peut-être de doux rêves et d'espérances.

L'aimait-elle ? Il l'ignorait. Mais il savait qu'habituée et attachée à lui depuis longtemps elle voyait encore en lui son professeur ; au fond d'elle-même, elle nourrissait les mêmes désirs que jadis sa sœur Tatiana : elle ne rêvait que d'amour, d'un mariage rapide, d'un mari, d'enfants et d'un foyer. Elle avait gardé à Podgorine son amitié, ce sentiment qui est si puissant chez les enfants, mais il était fort possible que, tout en estimant Podgorine et l'aimant comme un ami, elle ne fût amoureuse que de ses rêves.

— Il commence à faire noir, dit-il.

— Oui. La lune se lève tard en ce moment.

Ils parcouraient toujours la même allée, près de la maison. Podgorine appréhendait les profondeurs du jardin, où régnait l'obscurité et où il eût été obligé de prendre le bras de Nadéjda et d'être tout près d'elle. Des ombres bougeaient sur la terrasse, et il croyait que Tatiana et Varia l'observaient.

— Il faut que je vous demande un conseil, dit Nadéjda en s'arrêtant ; si Kouzminki est vendu, Serguéï Serguéïtch devra rejoindre son poste, et notre vie en sera totalement transformée. Je ne suivrai pas ma sœur, nous allons nous séparer, car je ne veux pas être à charge à sa famille. Il va falloir travailler. A Moscou, je trouverai une situation, je gagnerai ma vie, je pourrai aider ma sœur et son mari. Vous ne me refuserez pas votre conseil, n'est-ce pas ?

N'ayant jamais appris à travailler, elle s'enthousiasmait à l'idée d'une vie indépendante et laborieuse, et l'on pouvait voir à son expression qu'elle échafaudait des projets d'avenir : travailler, aider les siens, lui semblait beau et poétique. Podgorine voyait tout près de lui ce pâle visage aux noirs sourcils ; il se souvenait de l'élève intelligente et vive, remarquablement douée, qu'elle avait été, et du plaisir qu'il avait eu à lui donner des leçons. Sans doute n'était-elle pas une demoiselle banale en quête d'un fiancé, mais une jeune fille à l'esprit ouvert, aux sentiments nobles et généreux, au cœur doux et sensible, malléable comme de la cire ; et dans un milieu approprié elle deviendrait peut-être une femme parfaite.

« Pourquoi ne l'épouserais-je pas ? » se dit-il — mais aussitôt cette pensée l'effraya, et il se dirigea vers la maison.

Tatiana était assise au piano, dans le salon ; son jeu lui rappela vivement le passé, l'époque où dans ce même salon on jouait, chantait et dansait jusqu'à une heure avancée de la nuit, toutes fenêtres ouvertes, tandis que, dans le jardin et près de la rivière, les oiseaux chantaient aussi. Podgorine s'anima, se mit à faire le fou ; il dansa avec Nadéjda et avec Varia, puis entonna une chanson. Un cor au pied le gênait ; il demanda la permission de mettre les pantoufles de Serguëi Serguéitch, et, chose étrange, les ayant chaussées, il se sentit encore plus proche de la famille (« comme un beau-frère » — cette pensée lui traversa l'esprit), et encore plus gai. Le voyant rasséréné, les autres s'animèrent aussi, s'épanouirent, semblèrent rajeunis ; l'espoir brilla sur tous les visages : Kouzminki serait sauvé !

C'était si simple ! Il suffisait de trouver quelque issue, de fouiller le code, ou de marier Nadia à Podgorine... Et, visiblement, cela en prenait le chemin. Toute rose, toute heureuse, les yeux pleins de larmes et tout entière dans l'attente d'un événement extraordinaire, Nadia tournoyait, tournoyait, et sa robe blanche se gonflait, découvrant de jolies jambes fines gainées de bas couleur chair. Varia, très contente, prit le bras de Podgorine et lui dit à mi-voix, d'un air significatif :

— Micha, ne fuyez pas votre bonheur. Prenez-le tant qu'il s'offre à vous. Après, si vous voulez le poursuivre, il sera trop tard.

Podgorine était tenté de leur faire des promesses, de leur donner de l'espoir, et lui-même croyait déjà que Kouzminki serait sauvé, que rien n'était plus simple.

« Et tu seras la reine du monde », entonna-t-il en prenant une pose — lorsque subitement il se souvint qu'il ne pouvait rien pour ces gens, absolument rien ; et il se tut comme un coupable.

Il s'assit en silence dans un coin, en repliant sous lui ses pieds chaussés de pantoufles qui ne lui appartenaient pas.

A son attitude les autres comprirent qu'il n'y avait rien à espérer, et ils se turent, eux aussi. On ferma le piano ; chacun s'aperçut qu'il était déjà tard, qu'il était temps de se coucher, et Tatiana éteignit la grande lampe du salon.

Le lit de Podgorine l'attendait dans l'aile de la maison où il avait vécu jadis. Serguéï Serguéitch l'accompagna, tenant au-dessus de sa tête une bougie allumée, inutile d'ailleurs, car la lune se levait déjà et il faisait clair.

Ils suivirent une allée bordée de lilas ; le gravier crissait sous leurs pieds.

> *« Il n'eut pas le temps de dire "Oh !"*
> *que l'ours lui sauta sur le dos. »*

dit Serguéï Serguéitch.

Il semblait à Podgorine avoir entendu ces vers des milliers de fois... Comme il en avait assez ! Lorsqu'ils eurent pénétré dans l'aile, Serguéï sortit de son ample veston une bouteille et deux petits verres qu'il posa sur la table.

— C'est du cognac, double zéro, dit-il ; là-bas, dans la maison, il y a Varia, on ne peut pas boire devant elle, tout de suite elle vous sort un sermon sur l'alcoolisme ; mais ici nous sommes libres. Ce cognac est formidable.

Ils s'assirent. Le cognac était en effet excellent.

— Buvons un bon coup ce soir, continua Serguéï Serguéitch en suçant un bout de citron ; moi, je suis un vieil étudiant, j'aime bien me secouer de temps à autre. C'est même indispensable.

Et de nouveau son regard révélait qu'il avait besoin de Podgorine et qu'il allait tout à l'heure lui demander un service.

— Buvons, mon vieux, continua-t-il en soupirant, la vie est devenue vraiment trop dure. Nous autres, les vieux originaux, nous sommes finis, fichus. L'idéalisme n'est plus à la mode. C'est le rouble qui règne, et si tu ne veux pas être balayé, prosterne-toi devant le rouble et adore-le. Moi, je ne le peux pas ; cela me dégoûte trop.

— A quel jour est fixée la vente ? demanda Podgorine, pour détourner la conversation.

— Au sept août. Mais, mon cher, je ne compte pas du tout sauver Kouzminki. Les arrérages accumulés sont énormes, la propriété ne rapporte rien, il n'y a que des pertes tous les ans. Le jeu ne vaut pas la chandelle. Naturellement, Tania en souffre — c'est son patrimoine — mais moi, à vrai dire, en un certain sens, je suis plutôt content. Je ne suis pas du tout un campagnard ; mon champ d'action, à moi, c'est la grande ville bruyante ; mon élément, c'est la lutte !

Il continuait à pérorer sans dire ce qu'il avait derrière la tête, tout en observant Podgorine avec vigilance, comme s'il guettait le moment propice. Et, brusquement, Podgorine vit ces yeux tout près des siens et sentit sur son visage l'haleine de l'autre.

— Mon cher ami, sauvez-moi ! dit Sergueï Serguéitch en soufflant péniblement, donnez-moi deux cents roubles ! Je vous en supplie !

Podgorine voulut répondre qu'il était gêné lui-même, il pensa qu'il aurait mieux valu donner cet argent à un pauvre ou même le perdre au jeu, mais, terriblement embarrassé, se sentant pris au piège dans cette petite chambre éclairée d'une seule bougie, impatient aussi de fuir ce souffle, ces mains molles qui le tenaient par la taille et semblaient déjà se coller à lui, il se mit à chercher fébrilement dans ses poches le carnet dans lequel il gardait l'argent.

— Voilà, murmura-t-il en sortant un billet de cent roubles, je vous donnerai le reste plus tard. Je n'en ai pas d'autres sur moi. Vous voyez bien que je suis incapable de refuser, continua-t-il avec irritation, commençant à se fâcher. J'ai un caractère impossible, un caractère de femmelette. Mais je vous prie de me rendre plus tard cet argent. Je suis gêné moi-même.

— Je vous remercie. Merci, mon bon ami !

— Et puis, pour l'amour de Dieu, cessez de vous croire un idéaliste. Vous n'êtes pas plus idéaliste que moi je ne suis un dindon. Vous n'êtes qu'un homme léger et oisif, un point, c'est tout.

Serguéï Serguéitch poussa un gros soupir et s'assit sur le divan.

— Vous vous fâchez, mon cher, dit-il, mais si vous saviez combien j'ai le cœur lourd ! Je traverse une période terrible. Je vous jure, mon ami, ce n'est pas moi-même que je plains, oh non ! Je plains ma femme et mes enfants. S'ils n'existaient pas, eux, il y a longtemps que j'aurais mis fin à mes jours.

Soudain, ses épaules et sa tête furent secoués de sanglots : il pleurait.

— Il ne manquait plus que cela, dit Podgorine, et, à la fois troublé et profondément irrité, il se mit à arpenter la pièce. Eh bien, que voulez-vous qu'on fasse d'un homme qui a fait énormément de mal et qui se met ensuite à pleurer ? Vos larmes sont désarmantes, je n'ai pas la force de vous dire quoi que ce soit. Vous pleurez, donc vous avez raison.

— J'ai fait énormément de mal, moi ? répéta Serguéï Serguéitch en se levant et en regardant Podgorine avec étonnement. Mon cher, est-ce bien vous qui dites cela ? Moi, j'ai fait du mal ? Oh ! comme vous me connaissez peu ! Vous ne me comprenez donc pas !

— C'est entendu, je ne vous comprends pas, mais, je vous en prie, cessez de pleurer ! C'est écœurant.

— Comme vous me connaissez peu, répétait Lossev, parfaitement sincère, comme vous me connaissez peu !

— Regardez-vous donc dans la glace, continua

Podgorine, vous n'êtes plus jeune, vous ne tarderez pas à être vieux : n'est-il pas temps de réfléchir, de vous rendre enfin compte de ce que vous êtes ? Ne rien faire toute sa vie, passer son temps en bavardages oisifs et puérils, à faire des grimaces, à jouer la comédie, comment la tête ne vous tourne-t-elle pas, comment n'en avez-vous pas assez ? Il est pénible de rester en votre compagnie ; c'est ennuyeux à mourir !

Ayant lâché tout cela, Podgorine sortit de la maison en claquant la porte. Peut-être avait-il été sincère pour la première fois de sa vie et dit tout ce qu'il avait sur le cœur.

Mais bientôt après il regretta sa sévérité. A quoi cela servait-il de parler sérieusement ou de discuter avec un homme qui ne cessait de mentir, qui mangeait et buvait beaucoup, gaspillait de l'argent qui ne lui appartenait pas, et se croyait en toute sincérité un idéaliste et une victime ? Ici, on avait affaire à la bêtise ou à de vieilles et mauvaises habitudes, devenues organiques, telle une maladie, et déjà incurables. Quoi qu'il en fût, l'indignation et les sévères reproches, ici, étaient inutiles ; mieux aurait valu en rire : une bonne raillerie aurait produit plus d'effet que dix sermons !

« Le plus simple aurait été de ne pas faire attention à lui, se dit Podgorine, et surtout de ne pas lui donner l'argent. »

Un peu plus tard il ne pensait déjà plus ni à Sergueï Serguéitch ni à ses cent roubles. La nuit était calme, pensive et lumineuse. Lorsque Podgorine regardait le ciel par clair de lune, il lui semblait que la lune et lui-même étaient seuls à veiller, que le monde entier sommeillait ou dormait. Il oubliait les hommes, il oubliait l'argent ; le calme et la paix descendaient peu à peu dans son âme ; il se sentait très seul, et dans le silence nocturne le bruit de ses propres pas lui paraissait plein de tristesse.

Le jardin était entouré d'un mur de pierre

blanche. Dans l'angle de droite, du côté des champs, s'élevait une vieille tour construite au temps du servage[5]. La partie inférieure était en pierre et le haut en bois ; il y avait au sommet une plate-forme couverte d'un toit conique, surmontée d'une longue pointe et d'une girouette noire. Deux portes s'ouvrant au bas de la tour permettaient de passer du jardin dans les champs. Un escalier intérieur, dont les marches grinçaient sous les pieds, menait à la plate-forme. Sous l'escalier étaient amoncelés de vieux fauteuils cassés ; la clarté de la lune pénétrant par la porte illuminait ces fauteuils ; avec leurs pieds contournés, dressés en l'air, comme ressuscités pour la nuit, ils semblaient guetter quelqu'un en silence.

Podgorine monta à la plate-forme et y prit place. Immédiatement derrière le mur, il y avait un fossé de séparation et un talus. Plus loin s'étendait une immense plaine, inondée de clarté lunaire. Podgorine savait que dans cette direction, à trois verstes environ de la propriété, se trouvait une forêt, et il croyait en distinguer au loin les sombres contours. On entendait des cris de cailles et de râles ; du côté de la forêt s'élevait de temps à autre l'appel d'un coucou qui ne dormait pas non plus.

Des pas résonnèrent dans le jardin ; quelqu'un se dirigeait vers la tour.

Un chien aboya.

— Jouk ! appela doucement une voix de femme, Jouk, arrière !

On entendit quelqu'un pénétrer en bas dans la tour, et, l'instant d'après, une chienne noire, vieille amie de Podgorine, surgit sur le talus. Elle s'arrêta et, regardant en haut, dans la direction du jeune homme, remua amicalement la queue. Un peu plus tard une silhouette blanche se détacha du fossé et s'arrêta aussi sur le talus. C'était Nadéjda.

— Que vois-tu là ? demanda-t-elle au chien, et elle leva les yeux.

Sans voir Podgorine, elle devinait sans doute sa présence, car elle souriait, et son visage pâle, éclairé par la lune, exprimait le bonheur.

L'ombre noire de la tour, projetée loin dans le champ, la silhouette blanche et immobile, ce sourire de béatitude sur un visage pâle, le chien noir, leurs deux ombres — tout cela semblait un rêve.

— Il y a quelqu'un là-bas... dit Nadéjda à voix basse.

Elle demeurait immobile, en attente : il finirait par descendre ou par l'appeler, il s'expliquerait enfin, et ils seraient heureux tous les deux, par cette nuit magnifique et silencieuse. Blanche et pâle, mince, très belle au clair de lune, elle semblait attendre des caresses ; ses rêves incessants de bonheur et d'amour l'avaient épuisée ; elle était incapable de cacher ses sentiments ; son attitude, l'éclat de ses yeux, son sourire heureux et immobile trahissaient ses pensées secrètes ; mais Pogdorine était embarrassé, il se recroquevillait sans bouger, ne sachant s'il devait parler et, selon son habitude, tourner toute chose à la plaisanterie, ou se taire ; c'était du dépit qu'il éprouvait en pensant que dans cette propriété, par cette nuit de lune, en présence d'une belle jeune fille, amoureuse et romanesque, il restait aussi indifférent qu'à la Malaïa Bronnaïa, sans doute parce que cette poésie, tout comme la prose grossière, avait cessé de le toucher. Pour lui, tout cela était vieux jeu : les rendez-vous au clair de lune, les silhouettes blanches à la taille fine, les ombres mystérieuses et les tours, et les domaines, et les « types » tels que Sergueï Serguéitch et lui-même. Lui-même : un homme ennuyé et froid, perpétuellement maussade, incapable de s'adapter à la réalité, d'en tirer ce qu'elle pouvait offrir, et ayant soif, une soif sourde et torturante, de tout ce qui n'existe pas en ce monde et ne peut y exister.

De la plate-forme de cette tour, où il était assis, Podgorine, à cet instant, eût préféré voir un beau

feu d'artifice ou une procession au clair de lune ; il
eût préféré entendre Varia lui réciter *le Chemin de
fer*, ou toute autre femme debout sur ce talus, où se
tenait maintenant Nadéjda, lui parler de choses
intéressantes et nouvelles, sans aucun rapport avec
l'amour et le bonheur ; et même si elle avait parlé
d'amour, c'eût été un appel à des formes de vie
nouvelles, plus hautes, plus rationnelles, qui sont
peut-être à la veille d'apparaître et que nous pres-
sentons parfois...

— Il n'y a personne là-haut... dit Nadéjda.

Un instant encore, elle demeura immobile, puis,
tête basse, se dirigea lentement vers la forêt. Le
chien courait devant elle. Longtemps encore, Podgorine put distinguer une forme blanche qui s'éloi-
gnait.

« Comment en est-on arrivé là !... » se disait-il en
revenant vers l'aile de la maison.

De quoi parlerait-il demain avec Tatiana, avec
Sergueï Serguéitch, comment se comporterait-il
avec Nadéjda demain et après-demain ? Il ne pouvait pas se le figurer, et en éprouvait à l'avance de la
gêne, de la crainte et de l'ennui.

Comment remplir ces trois longues journées qu'il
avait promis de passer ici ? Il se souvint des propos
sur la voyance, de la phrase de Sergueï Serguéitch
— « *Il n'eut pas le temps de dire "oh !" que l'ours lui
sauta sur le dos* » — il se souvint que demain, pour
plaire à Tatiana, il faudrait adresser des sourires à
ses fillettes bien nourries et potelées — et il décida
de partir.

A cinq heures et demie du matin, la silhouette de
Sergueï Serguéitch, vêtu d'une robe de chambre de
Boukhara et coiffé d'un fez à gland, surgit sur la
terrasse de la maison principale.

Sans perdre un instant, Podgorine alla vers lui et
se mit à faire ses adieux.

— Il faut absolument que je sois à Moscou à dix
heures, dit-il en évitant de regarder l'autre, j'avais

complètement oublié que l'on m'attendait chez le notaire. Permettez-moi de partir, je vous prie. Quand les vôtres seront levées, transmettez-leur mes excuses et mes sincères regrets...

Il n'écouta pas les paroles de Sergueï Serguéitch ; il avait hâte de partir et regardait à la dérobée les fenêtres de la grande maison, où il craignait de voir apparaître les dames qui voudraient le retenir. Il avait honte de sa nervosité.

Il pressentait que c'était là sa dernière visite à Kouzminki, qu'il n'y reviendrait plus jamais, et, en partant, il se retourna à plusieurs reprises vers cette aile de la maison où il avait vécu jadis tant d'heures heureuses ; mais son cœur restait froid, et il ne ressentait nulle tristesse...

Chez lui, la première chose qui frappa sa vue fut la lettre qu'il avait reçue la veille et laissée sur la table.

« Cher Micha, lut-il, vous nous avez complètement oubliés, venez vite... » Et, sans savoir pourquoi, il revit Nadéjda qui tournoyait et dont la robe se gonflait, découvrant ses jambes gainées de bas couleur chair...

Dix minutes plus tard, il était assis à sa table de travail et ne pensait plus à Kouzminki.

                                                      1898.

LA FIANCÉE

I

Il était déjà dix heures du soir, et la pleine lune brillait au-dessus du jardin. Dans la maison de Marfa Mikhaïlovna Choumine, la messe du soir que Marfa Mikhaïlovna, la grand-mère, avait commandée, venait de prendre fin ; et Nadia, qui était sortie un petit moment dans le jardin, regardait les domestiques dresser la table pour une collation, et sa grand-mère, en somptueuse robe de soie, s'affairer dans la grande salle. Le Père André, archiprêtre de la cathédrale, parlait avec la mère de Nadia, Nina Ivanovna, qui, vue à travers la vitre, dans l'éclairage du soir, paraissait très jeune. Près de l'archiprêtre se tenait, attentif, son fils, André Andréitch.

Le jardin était silencieux et frais ; des ombres noires et calmes s'allongeaient sur le sol. On entendait coasser les grenouilles, loin, bien loin, sans doute en dehors de la ville. C'était mai, le doux mois de mai. On respirait à pleins poumons, et l'on se plaisait à imaginer que loin de la ville, quelque part sous le ciel, au-dessus des arbres, dans les champs et les bois se déroulait maintenant la vie mystérieuse du printemps, belle, opulente et sainte, inaccessible à l'entendement de l'homme faible et coupable. Et l'on avait, Dieu sait pourquoi, envie de pleurer.

Nadia avait déjà vingt-trois ans. Depuis l'âge de seize ans elle rêvait passionnément de mariage ; et maintenant, elle était enfin fiancée à ce même André Andréitch qui se tenait derrière la fenêtre ; il lui plaisait ; le mariage était déjà fixé pour le sept juillet, et pourtant elle ne ressentait nulle joie ; la nuit, elle dormait mal ; sa gaieté avait disparu... Par la fenêtre ouverte du sous-sol, de la cuisine, lui parvenaient le bruit des couteaux, le claquement de la porte à poulie, une odeur de dinde rôtie et de cerises marinées. Et il semblait à Nadia que tout cela durerait ainsi toute la vie, sans changement, sans fin !

Quelqu'un sortit de la maison et s'arrêta sur le perron ; c'était Alexandre Timoféitch, qu'on appelait simplement Sacha, un invité venu de Moscou depuis une dizaine de jours. Jadis, il y avait longtemps de cela, une vague parente de la grand-mère, Maria Pétrovna, noble, veuve et ruinée, qui était petite, chétive et malade, venait de temps en temps lui demander la charité. Cette femme avait un fils, Sacha, dont on affirmait, on ne savait trop pourquoi, qu'il était un grand peintre. Après la mort de sa vieille parente, la grand-mère, soucieuse du salut de son âme à elle, envoya le gamin à Moscou, à l'École Kommissarov. Deux ans plus tard, il passa à l'École des Beaux-Arts, où il traîna encore une quinzaine d'années. Il termina enfin ses études, tant bien que mal, dans la section d'architecture ; mais au lieu de devenir architecte, il entra comme employé dans une fabrique de gravures de Moscou. Continuellement malade, il venait presque tous les étés chercher repos et santé dans la maison de la grand-mère.

Sacha portait une redingote boutonnée et un pantalon de grosse toile, usé et effrangé dans le bas. Sa chemise était chiffonnée, et lui-même avait un air quelque peu défraîchi. Décharné, avec de grands yeux, les doigts longs et maigres, sombre, barbu, il n'était pourtant pas sans beauté. Depuis toujours, il considérait les Choumine comme ses proches et leur maison comme la sienne, et la chambre qu'il occupait ici s'appelait « la chambre de Sacha ».

Du haut du perron, il aperçut Nadia et vint vers elle.

— Comme on est bien chez vous, dit-il.

— Bien sûr ! Vous devriez rester ici jusqu'en automne.

— C'est possible, après tout. Ma foi, je resterai peut-être jusqu'en septembre.

Il rit sans raison et s'assit à côté de la jeune fille.

— Et moi, je regardais ma mère, dit Nadia, voyez comme elle paraît jeune vue d'ici ! C'est entendu, maman a ses faiblesses, ajouta-t-elle après un silence, mais c'est tout de même une femme remarquable.

— Oui, elle est bonne, acquiesça Sacha, à sa façon, bien sûr ; votre maman est une femme gentille et charmante, mais... comment vous dire ? Ce matin, de bonne heure, je suis entré dans la cuisine : quatre domestiques y dorment à même le plancher, sans lit, avec des haillons en guise de draps... et quelle puanteur, que de punaises et de cafards ! Depuis vingt ans, il n'y a ici rien de changé. Passe encore pour votre grand-mère, c'est une grand-mère ; mais votre maman qui, elle, parle français, qui prend part aux spectacles d'amateurs... est-ce qu'elle n'aurait pas dû comprendre ?

En parlant, Sacha pointait vers son interlocutrice deux doigts longs et décharnés.

— Je ne peux pas m'habituer à vos mœurs sauvages, continua-t-il. Que diable, personne ne fait rien ici ! Votre maman se promène toute la sainte journée, comme une duchesse, votre grand-mère ne fait rien, vous non plus. Et votre fiancé, André Andréitch, ne travaille pas davantage.

Nadia avait déjà entendu des propos semblables l'année précédente et, croyait-elle, l'année d'avant

aussi, et elle savait que Sacha ne pouvait tenir
d'autres raisonnements ; elle avait l'habitude d'en
rire, mais cette fois elle s'en irrita brusquement.

— Tout cela est vieux comme le monde, j'en
suis fatiguée, dit-elle en se levant, tâchez donc de
trouver quelque chose de nouveau.

Il rit et se leva aussi. Ils se dirigèrent ensemble
vers la maison. Grande, belle et svelte, elle paraissait à côté du jeune homme particulièrement
robuste et élégante ; elle s'en rendait compte et en
éprouvait de la pitié et de la gêne.

— Et puis, vous parlez trop, dit-elle. Tout à
l'heure vous avez critiqué mon André, mais que
savez-vous de lui ?

— Mon André... Que Dieu le garde, votre
André ! C'est votre jeunesse qui me fait pitié !

Lorsqu'ils entrèrent dans la salle, les autres se
mettaient déjà à table. La grand-mère ou Baboulia,
comme on l'appelait, très forte et très laide avec ses
sourcils touffus et sa moustache, avait le verbe
haut, et rien qu'à sa voix et à sa manière de parler
on voyait que c'était elle la maîtresse de céans. Les
galeries du Marché et l'ancienne maison à colon-
nades, entourée d'un jardin, lui appartenaient ;
mais tous les matins, elle priait Dieu, en versant des
larmes, de la sauver de la ruine.

Cependant, une discussion sur l'hypnotisme
s'était engagée entre Nina Ivanovna, sa belle-fille et
la mère de Nadia — qui était blonde, sanglée dans
son corset, affublée d'un pince-nez, et dont les
doigts étaient chargés de brillants — le Père André
— vieillard édenté et maigre, dont l'expression
semblait indiquer qu'il s'apprêtait à raconter une
histoire drôle — et le fils de celui-ci, André
Andréitch, le fiancé, beau et solide garçon aux
cheveux bouclés, qui avait l'air d'un peintre ou
d'un acteur.

— Chez moi, tu vas reprendre des forces en huit
jours, dit Baboulia en s'adressant à ·Sacha, seule-

ment il faut manger davantage. Mais quel air il a, soupira-t-elle, tu es affreux à voir ! Vrai, un fils prodigue, voilà ce que tu es.

— Ayant dilapidé la richesse des dons paternels, dit lentement le Père André en riant des yeux, il paissait, le maudit, avec des animaux privés d'esprit...

— J'aime bien mon paternel, dit André Andréitch en tapotant l'épaule de son père, c'est un brave vieux. Un bon vieux.

Il y eut un silence. Brusquement, Sacha pouffa et serra sa serviette contre sa bouche.

— Ainsi vous croyez à l'hypnotisme ? demanda le Père André à Nina.

— Je n'ose pas l'affirmer, répondit celle-ci, l'air très sérieux et presque sévère, mais il faut avouer qu'il y a dans la nature bien des choses mystérieuses et incompréhensibles.

— Tout à fait de votre avis, cependant je dois ajouter que la foi réduit considérablement pour nous le domaine du mystérieux.

On servit une énorme dinde qui baignait dans sa graisse. Le Père André et Nina Ivanovna poursuivaient leur conversation. Les diamants brillaient aux doigts de Nina, puis des larmes brillèrent dans ses yeux : elle était très émue.

— Je n'ose pas vous contredire, dit-elle, mais convenez qu'il y a tant d'énigmes insolubles dans la vie !

— Pas une seule, permettez-moi de vous le dire.

Après le souper, André Andréitch joua du violon, accompagné au piano par Nina Ivanovna. Le jeune homme avait terminé ses études à la faculté des lettres depuis une dizaine d'années, mais il ne travaillait nulle part, n'avait pas d'occupations précises, se contentant de participer — rarement d'ailleurs — aux concerts de bienfaisance ; et dans la ville on ne l'appelait que l'« artiste ».

André Andréitch jouait ; tous l'écoutaient en

silence ; le samovar bouillait sur la table, mais seul
Sacha prenait du thé. Lorsque l'horloge sonna
minuit, une corde du violon se rompit brusquement ; il y eut des rires, puis chacun s'affaira et les
invités prirent congé.

Après avoir accompagné son fiancé, Nadia
monta au premier étage qu'elle occupait avec sa
mère (Baboulia logeait au rez-de-chaussée). En
bas, dans la salle, où Sacha continuait à boire du
thé, on commença à éteindre les lumières. Sacha
prenait le thé sans se presser, à la moscovite ; il en
buvait jusqu'à sept verres d'affilée. Déjà déshabillée
et couchée, Nadia écouta longtemps encore le bruit
que faisaient les domestiques en rangeant la salle, et
que dominait la voix grondeuse de Baboulia. Puis
tout se calma ; on n'entendait plus de temps à autre
que la toux grave provenant de la chambre de
Sacha, au rez-de-chaussée.

II

Lorsque Nadia se réveilla, il était probablement
deux heures du matin ; l'aube commençait à
poindre. On entendait au loin les claquettes du
veilleur de nuit. La jeune fille n'avait plus sommeil ;
son matelas, trop moelleux, l'incommodait.
Comme chaque nuit de ce mois de mai, Nadia
s'assit dans son lit et se mit à réfléchir. C'étaient
toujours les mêmes pensées qui l'obsédaient, pensées monotones et inutiles. Elle se rappelait comment André Andréitch avait commencé à la courti-
ser, puis l'avait demandée en mariage ; comment
elle lui avait accordé sa main et avait appris, peu à
peu, à apprécier cet homme intelligent et bon. Mais
pourquoi, maintenant que le mariage n'était plus
éloigné que d'un mois, ressentait-elle de l'inquiétude, de la crainte, comme si des choses mal défi-
nies, mais pénibles, l'attendaient ?

« Tic toc, faisait paresseusement le veilleur de nuit, tic toc, tic toc... »

Par la grande fenêtre, elle aperçoit le jardin, plus loin des buissons de lilas, tout en fleur, endormis et flétris dans le froid nocturne ; un brouillard blanc et épais se glisse lentement vers ces arbustes ; il va les recouvrir. Au loin, dans les arbres, des freux crient dans leur sommeil.

— Mon Dieu, pourquoi ai-je le cœur si lourd ?

Peut-être chaque fiancée éprouve-t-elle le même sentiment à la veille de son mariage ? Qui sait ? Ou bien, est-ce l'influence de Sacha ? Mais voilà bien des années que Sacha répète les mêmes lieux communs, et quand il parle, il paraît naïf et bizarre. Mais pourquoi ne peut-elle s'empêcher de penser à Sacha ? Pourquoi ?

Depuis longtemps déjà, on n'entend plus le veilleur de nuit. Sous la fenêtre, dans le jardin, les oiseaux se réveillent, la brume s'est dissipée, et la lumière du printemps brille alentour comme un sourire. Bientôt, caressée, réchauffée par le soleil, la terre revit ; des gouttes de rosée étincellent, tels des diamants, dans les feuilles ; et le matin pare le vieux jardin, depuis longtemps à l'abandon, d'une jeunesse nouvelle.

Baboulia est déjà réveillée, Sacha tousse de sa grosse voix de basse. En bas, on a servi le samovar, et Nadia perçoit le bruit de chaises remuées.

Comme les heures s'écoulent lentement ! Depuis longtemps déjà, la jeune fille est debout, depuis longtemps, elle se promène dans le jardin, mais la matinée dure toujours.

Nina Ivanovna fit son apparition, le visage éploré, un verre d'eau minérale à la main. Elle s'intéressait vivement au spiritisme, à l'homéopathie, lisait beaucoup, aimait parler des doutes qui l'assaillaient ; tout cela, pour Nadia, cachait un sens profond et mystérieux. Elle embrassa sa mère et se mit à marcher à ses côtés.

— Pourquoi as-tu pleuré, maman ? demanda-t-elle.

— Hier, avant de m'endormir, j'ai lu un récit où il était question d'un vieillard et de sa fille. Le vieillard travaille dans une administration, et son supérieur s'éprend de sa fille. Je n'ai pas terminé l'histoire, ajouta-t-elle, mais il y a là un passage qui vous arrache des larmes — et Nina Ivanovna but une gorgée — ce matin, j'y ai pensé et j'ai encore pleuré un peu.

— Et moi non plus, je ne suis pas gaie tous ces jours-ci, dit Nadia après un silence, la nuit, je ne dors pas... Pourquoi ?

— Je ne sais pas, ma chérie. Moi, quand je ne dors pas la nuit, je ferme les yeux très fort, comme cela, et je me représente Anna Karénine, je la vois marcher et parler ; ou encore je me représente quelque chose d'historique, le monde antique...

Nadia sentit que sa mère ne la comprenait pas et ne pouvait la comprendre ; elle en eut conscience pour la première fois de sa vie, et, soudain effrayée, eut envie de se cacher ; elle monta vivement dans sa chambre.

A deux heures, on se mit à table pour dîner. C'était un mercredi, jour de jeûne, et l'on servit à la grand-mère un *borchtch*[1] maigre et de la brème accompagnée de gruau.

Pour taquiner Baboulia, Sacha goûta aussi bien au potage maigre qu'au potage gras. Pendant toute la durée du repas, il ne cessait de plaisanter, mais ses plaisanteries, qui tournaient inévitablement à des conclusions de caractère moral, semblaient lourdes, et personne n'avait envie de rire lorsque, avant de lancer son trait d'esprit, il pointait en l'air ses doigts longs et décharnés, comme morts ; on se souvenait alors qu'il était très malade, peut-être condamné, et l'on en avait pitié jusqu'aux larmes.

Après le dîner, la grand-mère alla faire la sieste dans sa chambre. Nina Ivanovna joua un peu au piano, puis partit à son tour.

— Ah ! ma chère Nadia — c'est ainsi que Sacha commençait ses discours d'après-dîner — si seulement vous vouliez m'écouter ! Si seulement !

Profondément enfoncée dans un fauteuil ancien, elle fermait les yeux, cependant qu'il arpentait sans bruit la pièce, d'un coin à l'autre.

— Si vous vouliez partir et étudier ! disait-il. Seuls, les gens instruits et saints sont intéressants, eux seuls sont utiles. Car plus ils seront nombreux et plus vite le Royaume des Cieux arrivera sur terre. Alors il ne restera pas pierre sur pierre de votre ville, tout y sera bouleversé de fond en comble, tout y sera transformé comme par un coup de baguette. Il y aura ici des immeubles énormes, magnifiques, des jardins délicieux, des fontaines extraordinaires, des gens remarquables ! Mais là n'est pas le principal. Surtout, il n'y aura plus de foule, dans le sens où nous l'entendons : ce mal disparaîtra, car chaque homme aura la foi, chacun saura pourquoi il est sur terre, personne ne cherchera plus d'appui dans la foule. Nadia, ma chère Nadia, partez ! Montrez-leur à tous que vous en avez assez de cette vie immobile, morne et coupable ! Prouvez-le-vous au moins à vous-même !

— C'est impossible, Sacha. Je vais me marier.

— Bah ! Et pour quoi faire ?

Ils sortirent dans le jardin et y firent un tour.

— Quoi qu'il en soit, ma chère Nadia, vous devez réfléchir, vous devez comprendre combien votre vie oisive est immorale et malpropre, continua-t-il. Comprenez donc : si vous-même, votre mère et Baboulia ne faites rien, cela ne signifie-t-il pas que d'autres travaillent pour vous, que vous dévorez la vie d'autrui ? Est-ce convenable, est-ce propre ?

Nadia voulut répondre : « Oui, c'est vrai », voulut dire qu'elle le comprenait, mais des larmes lui montèrent aux yeux, elle se tut brusquement, se fit toute petite et monta dans sa chambre.

André Andréitch vint vers le soir ; selon son habitude, il joua longtemps du violon. En général, il n'était guère loquace, et peut-être n'aimait-il le violon que parce qu'il lui permettait de se taire. Un peu après dix heures, au moment de partir, déjà vêtu de son manteau, il serra Nadia dans ses bras et embrassa avidement le visage, les épaules et les mains de la jeune fille.

— Ma chérie, ma douce, ma belle, murmurait-il, oh ! que je suis heureux ! Je deviens fou de ravissement !

Et il semblait à Nadia avoir déjà entendu ces paroles dans un passé très lointain... ou les avoir lues dans un vieux roman déchiré, abandonné dans un coin.

Assis à la table de la salle, Sacha buvait du thé, la soucoupe posée sur ses cinq doigts effilés[2]. Baboulia était plongée dans un jeu de patience ; Nina Ivanovna lisait. La flamme crépitait dans la veilleuse. La vie paraissait prospère et calme. Nadia dit bonsoir à chacun et monta chez elle. Elle se coucha et s'endormit aussitôt, mais, comme la nuit précédente, à peine le jour commençait-il de poindre que la jeune fille était réveillée. Le sommeil la fuyait ; son cœur était inquiet et lourd. Assise dans son lit, la tête sur les genoux, elle pensa encore à son fiancé, au mariage... Elle se souvint soudain que sa mère n'avait jamais aimé son défunt mari, que maintenant elle ne possédait rien et dépendait entièrement de Baboulia, sa belle-mère. Et Nadia eut beau se creuser la tête, elle n'arrivait pas à comprendre pourquoi elle avait toujours considéré sa mère comme un être d'exception, pourquoi elle n'avait jamais remarqué la femme banale et malheureuse qu'elle était.

En bas, Sacha ne dormait pas non plus : elle l'entendait tousser. C'est un homme étrange et naïf, se disait-elle, et ses rêves, ces jardins délicieux, ces fontaines magnifiques sont passablement absurdes ;

mais pourquoi cette naïveté, cette absurdité même sont-elles si séduisantes ? Pourquoi à l'instant où Nadia avait envisagé la possibilité de partir, d'aller faire des études, un froid léger avait-il gagné son cœur, toute sa poitrine, et un sentiment de joie, de ravissement l'avait-il inondée ?

— N'y pensons pas, n'y pensons pas, murmurait-elle, il ne faut pas penser à cela.

« Tic toc, faisait au loin le veilleur de nuit, tic toc... tic toc... »

III

A la mi-juin, Sacha commença subitement de s'ennuyer et s'apprêta à partir pour Moscou.

— Je ne peux plus vivre dans cette ville, disait-il d'un air sombre, il n'y a ici ni eau courante ni canalisation ! Cela me dégoûte de manger à table : à la cuisine, il règne une innommable saleté.

— Mais attends donc un peu, fils prodigue, répondait la grand-mère en baissant la voix, le mariage est pour le sept !

— Je ne veux pas attendre !

— Mais tu voulais rester chez nous jusqu'au mois de septembre.

— Et maintenant je ne veux plus. J'ai du travail, moi !

L'été fut humide et froid ; les arbres toujours trempés, le jardin peu accueillant et mélancolique incitaient en effet au travail. Dans toutes les pièces de la maison, en haut et en bas, retentissaient des voix féminines qu'on ne connaissait pas, la machine à coudre crépitait dans la chambre de la grand-mère : on se hâtait de terminer le trousseau. Rien qu'en pelisses, Nadia était déjà très bien pourvue : on lui en donnait six, dont la plus modeste coûtait trois cents roubles, au dire de la grand-mère ! Ce remue-ménage irritait Sacha qui ne quittait plus sa

chambre. On l'avait néanmoins persuadé de rester
encore : il avait donné sa parole de ne pas partir
avant le 1ᵉʳ juillet.

Le temps passait rapidement. Le jour de la Saint-
Pierre[3], après le dîner, André Andréitch et Nadia
allèrent rue de Moscou visiter une fois de plus la
maison qui avait été louée et aménagée depuis longtemps pour le jeune couple.

C'était une maison à un étage dont seul l'étage
supérieur était entièrement meublé. Dans la salle, le
plancher qu'on avait peint pour lui donner l'apparence d'un parquet, était clair et brillant ; il y avait
là des chaises cannées, un piano, un pupitre pour le
violon. Il y régnait une odeur de peinture. Un grand
tableau à l'huile pendait au mur dans son cadre
doré ; il représentait une dame nue et, à côté d'elle,
un vase violet dont l'anse était brisée.

— Quel magnifique tableau, dit André
Andréitch en poussant un soupir respectueux, c'est
un Chichmatchevski[4].

Puis venait le salon, meublé d'une table ronde,
d'un divan et de quelques fauteuils couverts de
tissu bleu vif. Au-dessus du divan, on avait accro-
ché une grande photographie du Père André en
barrette, chamarré de décorations. Ils pénétrèrent
dans la salle à manger dont on pouvait admirer le
buffet, puis dans la chambre ; deux lits y étaient
placés côte à côte dans la pénombre, et il semblait
que ceux qui avaient meublé cette pièce ne pouvaient mettre en doute le bonheur qui devait y
régner toujours... André Andréitch conduisait
Nadia d'une pièce à l'autre en la tenant par la taille ;
elle se sentait faible et coupable ; elle haïssait toutes
ces pièces, ces lits, ces fauteuils ; la vue de la dame
nue lui donnait la nausée. Elle n'aimait plus André
Andréitch, peut-être ne l'avait-elle jamais aimé, cela
ne faisait pas de doute pour elle ; mais comment le
dire, à qui, pourquoi ? Elle n'en savait rien, bien
qu'elle ne cessât d'y penser nuit et jour... Il l'enla-

çait, lui parlait affectueusement, avec modestie, il semblait si heureux de se promener dans son appartement à lui, mais elle ne voyait dans tout cela que vulgarité, bêtise, naïveté insupportable, et le bras qui enserrait sa taille lui semblait dur et froid comme un cercle de métal. Elle était constamment sur le point de s'enfuir, ou d'éclater en sanglots, ou de se jeter par la fenêtre.

André Andréitch la mena dans la salle de bains ; il manœuvra le robinet fixé dans le mur, et l'eau se mit brusquement à couler.

— Hein ? dit-il en riant, j'ai fait installer un bac de cent seaux dans le grenier ; ainsi, nous aurons de l'eau à volonté.

Ils firent encore un tour dans la cour, puis sortirent dans la rue et hélèrent un fiacre. La poussière tourbillonnait en nuages épais ; à chaque instant, la pluie menaçait.

— Tu n'as pas froid ? dit André en clignant des yeux à cause de la poussière.

Elle ne répondit rien.

— Hier, tu te souviens, Sacha m'a reproché ma vie d'oisif, prononça-t-il, après un silence. Eh bien, il a raison ! Il a mille fois raison ! Je ne fais rien et ne peux rien faire. Dis, ma chérie, pourquoi l'idée même d'arborer une casquette d'uniforme et de prendre du service me répugne-t-elle à ce point ? Pourquoi ne suis-je pas à mon aise quand je vois un avocat, un professeur de latin ou un membre du bureau du zemstvo[5] ? ô Russie, notre mère ! ô Russie, notre mère, que d'hommes oisifs, que d'hommes inutiles tu portes en ton sein ! Et sont-ils nombreux, mes semblables, qui t'encombrent, ô martyre !

Il généralisait sa propre paresse, y voyant un signe des temps.

— Quand nous serons mariés, continua-t-il, nous partirons ensemble à la campagne, nous irons y travailler, ma chérie ! Nous achèterons un lopin de terre avec un jardin et un bout de rivière ; nous travaillerons, nous observerons la vie... Oh ! comme ce sera beau !

Il enleva son chapeau, ses cheveux flottaient au vent, et Nadia pensait en l'écoutant : « Mon Dieu, je veux rentrer chez moi ! Mon Dieu ! »

Près de la maison, ils rattrapèrent le Père André.

— Ah ! voilà mon père qui arrive, dit joyeusement André Andréitch en faisant de grands signes avec son chapeau. Vrai, je l'aime bien, mon paternel, ajouta-t-il en réglant le cocher. C'est un brave vieux. Un bon vieux.

Irritée, fatiguée, Nadia entra dans la maison, se disant que les invités resteraient toute la soirée, qu'il faudrait les amuser, leur sourire, écouter le violon, entendre des sornettes et ne parler que du mariage. Imposante et superbe dans sa robe de soie, hautaine comme d'habitude devant les étrangers, la grand-mère trônait derrière le samovar.

Le Père André fit son entrée, son sourire malin sur les lèvres :

— J'ai le plaisir et l'heureuse consolation de vous voir en bonne santé, dit-il à la grand-mère, et il était difficile de savoir s'il plaisantait ou s'il parlait sérieusement.

IV

Le vent cognait contre les vitres et le toit ; on percevait des sifflements et, dans le poêle, la chanson plaintive et lugubre du génie familier[6]. Il était minuit passé. Tout le monde était couché dans la maison, mais personne ne dormait, et il semblait à Nadia qu'en bas le violon continuait de jouer. Puis un bruit violent se fit entendre : sans doute quelque volet arraché. Quelques instants après, Nina Ivanovna apparut en chemise, une bougie à la main.

— Qui a fait ce bruit, Nadia ? demanda-t-elle.

Les cheveux nattés, un sourire timide aux lèvres, elle paraissait, par cette nuit de tempête, vieillie, enlaidie et comme rapetissée. Nadia se rappela que naguère encore elle voyait en sa mère une femme remarquable, qu'elle était fière de ses discours ; mais maintenant il lui était impossible de se souvenir d'aucune de ses paroles : tout ce qui lui revenait à la mémoire était si faible et si inutile !

Le chant de plusieurs voix de basse retentit dans le poêle, et l'on crut presque entendre : « A-ah, mo-on Dieu ! » Nadia s'assit dans son lit, se prit la tête dans les mains et brusquement fondit en larmes.

— Maman, dit-elle, maman chérie, si tu savais comme je suis malheureuse ! Je t'en prie, je t'en supplie, permets-moi de partir ! Je t'en supplie !

— Partir ? dit Nina Ivanovna, et, perplexe, elle s'assit sur le lit. Mais où veux-tu aller ?

Nadia pleura longtemps, sans pouvoir proférer une seule parole.

— Permets-moi de quitter la ville, dit-elle enfin, ce mariage ne doit pas se faire, et il ne se fera pas. Comprends-moi ! Je n'aime pas cet homme. Je ne peux même pas parler de lui...

— Non, ma petite, non, non, dit rapidement Nina Ivanovna, très effrayée, calme-toi, tu es de mauvaise humeur. Cela passera. Ce sont des choses qui arrivent ! Vous vous êtes sans doute querellés un peu, André et toi ; une querelle d'amoureux...

— Va-t'en alors, maman, va-t'en ! sanglotait Nadia.

— Oui, dit Nina Ivanovna après un silence, il me semble qu'hier encore tu n'étais qu'une enfant, une fillette, et te voilà déjà fiancée. C'est le métabolisme de la nature. Avant de t'en apercevoir, tu seras toi-même une maman, une vieille femme, et tu auras une fille aussi rebelle que la mienne.

— Tu es bonne, maman, tu es intelligente et malheureuse, dit Nadia, tu es très malheureuse,

mais pourquoi dis-tu ces platitudes ? Au nom du
Ciel, pourquoi ?

Nina Ivanovna voulut répondre, n'y parvint pas,
étouffa un sanglot et partit. De nouveau, des voix
de basse bourdonnèrent dans le poêle. La jeune fille
eut peur ; elle sauta de son lit et courut dans la
chambre de sa mère. Nina Ivanovna était couchée,
tout en larmes, sous sa couverture bleue ; elle tenait
un livre entre ses mains.

— Écoute-moi, maman, dit Nadia, je t'en supplie, réfléchis un peu et tâche de me comprendre !
Comprends, enfin, combien notre vie ici est mesquine et humiliante ! Mes yeux se sont ouverts,
maintenant je vois tout. Et qu'est-ce que c'est que
ton André Andréitch ? Mais il n'est pas intelligent,
maman ! Seigneur, mon Dieu ! Mais il est bête,
maman, comprends-tu ?

D'un mouvement brusque, Nina Ivanovna se mit
sur son séant.

— Toi et ta grand-mère, vous me torturez ! dit-
elle en sanglotant. Je veux vivre ! vivre ! répéta-
t-elle, en se frappant la poitrine de son poing, ren-
dez-moi ma liberté ! Je suis jeune encore, je veux
vivre, et vous avez fait de moi une vieille femme.

Elle se recoucha et pleura amèrement, recroque-
villée sous sa couverture, et alors elle paraissait si
petite, si pitoyable, si niaise... Nadia revint dans sa
chambre, se rhabilla et, assise près de la fenêtre,
attendit le matin. Elle passa le reste de la nuit à
réfléchir, pendant qu'au-dehors on continuait à
frapper contre les volets en sifflotant.

Le matin, la grand-mère se répandit en lamenta-
tions, car le vent avait arraché toutes les pommes et
cassé un vieux prunier. Il faisait gris, sombre et
triste ; une lampe allumée n'aurait pas été de trop ;
chacun se plaignait du froid. La pluie tambourinait
toujours sur les vitres. Après le thé du matin, Nadia
alla dans la chambre de Sacha et, sans mot dire,
tomba à genoux dans un coin, près d'un fauteuil,
en se cachant la figure dans les mains.

— Qu'y a-t-il ? demanda Sacha.

— Je suis à bout, dit-elle, comment ai-je pu vivre ici, je ne le comprends pas, je ne le conçois plus ! Je méprise mon fiancé, je me méprise moi-même, je méprise cette vie oisive, absurde...

— Allons, allons... dit Sacha qui ne saisissait pas encore le sens de ces paroles, mais ça va... Mais c'est très bien !

— Cette vie me répugne, continua-t-elle, je ne pourrais pas la supporter un jour de plus. Je partirai, pas plus tard que demain. Emmenez-moi, pour l'amour de Dieu !

Sacha la considéra pendant un long moment avec étonnement ; lorsqu'il eut enfin compris, il éclata de joie comme un enfant. Il jetait ses bras en l'air et trépignait dans ses pantoufles comme s'il avait voulu danser.

— C'est magnifique, disait-il en se frottant les mains, Dieu, que c'est bien !

Elle le regardait de ses yeux grands ouverts, sans ciller, amoureusement ; elle attendait de lui des paroles décisives, infiniment graves ; il n'avait encore rien dit, mais déjà il semblait à la jeune fille qu'une vie nouvelle et large, encore inconnue, s'ouvrait devant elle ; elle attendait, en le couvant des yeux, prête à tout, même à la mort.

— Je partirai demain, dit-il après avoir réfléchi, vous m'accompagnerez à la gare. Je mettrai vos affaires dans ma valise, j'achèterai votre billet. Au troisième coup de cloche vous monterez avec moi dans le wagon, et nous partirons. Vous m'accompagnerez jusqu'à Moscou, ensuite vous irez seule à Pétersbourg. Vous avez bien un passeport ?

— Oui.

— Je vous le jure, vous ne regretterez rien, vous ne vous repentirez jamais, dit Sacha avec passion, vous partirez, vous commencerez vos études et votre destin fera le reste. Tout sera changé, lorsque

vous aurez retourné votre vie. Il ne s'agit que de
cela, le reste est sans importance. Donc, c'est
décidé, nous partons demain ?

— Oh oui ! Pour l'amour de Dieu !

Nadia pensait qu'elle serait très émue, qu'elle
aurait le cœur plus lourd que jamais, qu'elle souffri-
rait et se tourmenterait jusqu'à l'heure du départ ;
mais à peine eut-elle monté dans sa chambre et se
fut-elle étendue sur son lit, qu'elle s'assoupit ; et elle
dormit profondément jusqu'au soir, le visage souriant et baigné de larmes.

V

On envoya chercher un fiacre. Déjà habillée, en
chapeau et en manteau, Nadia monta revoir sa
mère et tout ce qui lui avait été cher... Elle resta un
instant dans sa chambre, devant son lit encore
tiède, jeta un regard autour d'elle, puis pénétra chez
sa mère. Nina Ivanovna dormait encore ; le silence
régnait dans la pièce. Nadia embrassa sa mère, lui
arrangea les cheveux, attendit une minute ou
deux... Puis elle descendit sans hâte.

Il pleuvait à verse. La voiture, dont la capote était
relevée, attendait devant la porte ; le cocher était
tout trempé.

— Il n'y a pas de place pour toi, Nadia, disait la
grand-mère pendant que les domestiques entas-
saient les valises dans la voiture.

— Quelle idée aussi de l'accompagner par ce
temps-là ! Tu ferais mieux de rester à la maison.
Regarde-moi cette pluie !

Nadia voulut répondre, mais elle n'y parvint pas.
Déjà Sacha l'avait installée dans la voiture, lui avait
recouvert les jambes avec un plaid. Et voilà que
lui-même s'assit à côté d'elle.

— Bon voyage ! Que Dieu te bénisse ! criait la
grand-mère du haut du perron. N'oublie pas de
nous écrire de Moscou, Sacha !

— C'est promis. Adieu, Baboulia !

— Que la Reine des Cieux te garde !

— En voilà un drôle de temps, fit Sacha.

C'est alors seulement que Nadia se mit à pleurer. Elle savait maintenant que ce départ, auquel elle ne croyait pas encore en prenant congé de Baboulia, en regardant dormir sa mère, était chose certaine. Adieu, la ville ! Tout lui revint alors à la mémoire : André, et son père, et le nouvel appartement, et la dame nue avec son vase ; mais rien de cela ne l'effrayait, rien ne lui pesait plus : tous ces souvenirs naïfs et mesquins fuyaient maintenant en arrière. Et lorsqu'elle se fut installée dans le wagon et que le train se fut mis en marche, son passé, si grand et si important jusqu'ici, se réduisit à peu de chose, et l'avenir vaste et large, qui avait à peine existé auparavant, se déploya devant elle. La pluie frappait contre les vitres du wagon ; on ne voyait que des champs verdoyants ; les poteaux télégraphiques, les oiseaux perchés sur les fils fuyaient rapidement, et une onde de joie l'envahit, si soudaine, que la jeune fille en eut le souffle coupé : elle entrevit cette liberté qui serait la sienne, les études qu'elle allait faire : tout cela ressemblait à ce que jadis, il y avait longtemps de cela, on appelait « se faire cosaque[7] ». Nadia passait des larmes au rire et à la prière.

— Tout va bien ! disait Sacha avec un large sourire, tout va bien !...

VI

L'automne passa, puis l'hiver. Nadia ressentait déjà de la nostalgie, pensait tous les jours à sa mère, à Baboulia ; et elle pensait à Sacha. De la maison, elle recevait des lettres bonnes et douces ; il semblait que tout fût oublié et pardonné. Au mois de mai, après les examens, la jeune fille partit chez elle, pleine d'entrain et bien portante. Elle fit halte à

Moscou pour revoir Sacha. Il n'avait guère changé
depuis l'été précédent : toujours aussi barbu, aussi
hirsute, il portait la même veste et le même pantalon de grosse toile ; ses grands yeux étaient aussi
beaux ; cependant il attirait l'attention par son air
souffreteux et surmené ; vieilli, amaigri, il ne cessait
de toussoter. Sans savoir pourquoi, la jeune fille lui
trouva quelque chose de terne et de provincial.

— Mon Dieu, voilà Nadia qui est revenue, dit-il
avec un rire heureux. Ma gentille Nadia, ma chérie !

Ils allèrent d'abord dans la fabrique de gravures,
où flottaient des fumées de tabac mêlées à une
odeur suffocante d'encre de Chine et de peinture,
puis dans la chambre de Sacha, enfumée aussi et
dont le plancher était couvert de crachats ; sur la
table, près du samovar refroidi, traînait une assiette
cassée et un bout de papier noirâtre ; table et plancher étaient jonchés de mouches mortes. Visiblement Sacha ne se souciait pas de sa vie personnelle,
il vivait n'importe comment, dans un mépris total
du confort, et si quelqu'un lui avait parlé de son
bonheur ou de l'amour qu'il pouvait inspirer, il n'y
aurait rien compris et se serait contenté de rire.

— En somme, tout s'est bien passé, racontait
Nadia hâtivement. En automne, maman est venue
me voir à Pétersbourg ; elle m'a dit que grand-mère
n'était pas fâchée, mais qu'elle venait tous les jours
dans ma chambre et faisait le signe de la croix sur
les murs.

Sacha avait le regard gai, mais il toussotait
constamment, et sa voix semblait fêlée. Tout en
parlant, Nadia ne cessait de l'observer, essayant de
se rendre compte s'il était vraiment très malade ou
si cela n'était qu'une apparence.

— Sacha, mon ami, dit-elle, mais vous êtes
malade !

— Mais non, ça va. Je suis malade, mais pas
trop...

— Ah ! Mon Dieu, s'écria Nadia très émue, pourquoi ne vous soignez-vous pas, pourquoi négligez-vous votre santé ? Mon cher Sacha, mon bon ami, fit-elle, et ses larmes se mirent à couler, et dans son imagination, Dieu sait pourquoi, surgirent André Andréitch, la dame nue avec son vase, et tout son passé qui lui paraissait aussi lointain que son enfance ; elle pleurait parce que Sacha ne lui procurait pas la même impression d'intelligence, d'imprévu, ni d'originalité que l'année précédente.

— Mon cher Sacha, vous êtes très, très malade ! Je ne sais pas ce que je donnerais pour que vous ne fussiez pas aussi maigre, aussi pâle ! Je vous dois tant ! Vous ne pouvez pas savoir ce que vous avez fait pour moi, mon bon Sacha. Vraiment, vous êtes pour moi l'ami le plus cher, le plus proche au monde.

Ils s'attardèrent encore à bavarder. Après l'hiver qu'elle avait passé à Pétersbourg, Nadia trouvait dans les paroles de Sacha, dans son sourire, dans tout son personnage quelque chose de démodé, de vieilli — quelque chose qui était déjà mort et peut-être même enseveli au plus profond d'une tombe.

— Après-demain, je pars pour la Volga, dit Sacha, puis j'irai faire une cure de « *koumys*[8] ». Un copain m'accompagne avec sa femme. Remarquable, d'ailleurs, cette femme. Je me propose de l'induire en tentation, de la persuader d'aller faire ses études. Je voudrais qu'elle retourne sa vie !

Plus tard, ils allèrent à la gare. Sacha lui offrit du thé et des pommes ; et tandis que le train s'ébranlait et que Sacha agitait son mouchoir en souriant, on pouvait voir, au seul aspect de ses jambes, combien il était malade et que sans doute il n'en avait plus pour longtemps.

Il était midi, lorsque le train arriva dans la ville de Nadia. Dans le fiacre qui l'emmenait de la gare, la jeune fille regardait les rues qui lui paraissaient très larges, ainsi que les maisons, toutes petites, écrasées. Le long des artères désertes elle n'aperçut que l'accordeur allemand au manteau roux. Et toutes les maisons étaient comme couvertes de poussière. Vieillie, mais toujours aussi grosse et aussi laide, la grand-mère étreignit Nadia et pleura longtemps, la tête enfouie au creux de l'épaule de la jeune fille ; elle ne pouvait pas s'en arracher. Nina Ivanovna, elle aussi, avait vieilli et enlaidi, ses traits s'étaient creusés, mais, comme par le passé, elle était étroitement serrée dans son corset et des diamants brillaient à ses doigts.

— Ma chérie, répétait-elle en tremblant de tout son corps, ma chérie !

Elles s'assirent et pleurèrent en silence. Baboulia et la mère de Nadia sentaient bien que le passé était irrévocablement révolu : perdus la situation sociale, l'honneur, le droit d'inviter des amis. C'est ainsi que parfois, interrompant le cours d'une vie facile et insouciante, la police, la nuit, fait irruption dans la maison, perquisitionne partout ; on apprend que le maître de la maison a dilapidé des fonds, commis des faux — et alors, adieu à jamais, la vie facile, la vie insouciante !

Nadia monta au premier : elle vit le même lit, les mêmes fenêtres aux rideaux blancs et innocents, le même jardin, inondé de soleil, gai et plein de bruits. Elle posa les mains sur la table et s'assit, pensive. On lui servit ensuite un bon dîner, elle but du thé accompagné d'une crème succulente — mais il manquait désormais quelque chose, les pièces sentaient le vide et les plafonds étaient bas. Le soir, elle se coucha, s'enveloppant dans ses couvertures, et il lui sembla drôle de se trouver dans ce lit tiède, extrêmement moelleux.

Nina Ivanovna vint pour un instant ; elle s'assit timidement, comme une coupable, en jetant des regards autour d'elle.

— Eh bien, Nadia, dit-elle après un silence, es-tu contente ? Très contente ?

— Je suis contente, maman.

Sa mère se leva et fit un signe de croix sur Nadia et sur les fenêtres.

— Et moi, comme tu vois, je suis devenue croyante, dit-elle, tu sais ? J'étudie maintenant la philosophie, et je réfléchis, je réfléchis beaucoup... Bien des choses sont devenues pour moi claires comme le jour. Il faut, avant tout, que la vie passe comme à travers un prisme.

— Dis-moi, maman, comment va grand-mère ?

— Pas trop mal, il me semble. Lorsque tu es partie avec Sacha et que nous avons reçu ton télégramme, ta grand-mère, après l'avoir lu, est tombée sans connaissance ; elle est restée au lit, prostrée, pendant trois jours, et après, elle ne cessait de prier et de se lamenter. Mais maintenant, ça va à peu près.

Elle se leva et fit quelques pas dans la chambre.

« Tic toc, faisait le veilleur de nuit, tic toc, tic toc... »

— Il faut avant tout que la vie passe comme à travers un prisme, dit-elle. En d'autres termes, il faut que dans notre conscience la vie se divise en éléments de base, en sept couleurs simples, si tu veux, et que chacun des éléments soit étudié séparément...

Nadia ne sut jamais ce qu'avait dit encore Nina Ivanovna, ni à quel moment elle était partie, car la jeune fille s'endormit bientôt.

Le mois de mai s'écoula ; vint le mois de juin. Nadia était de nouveau habituée à la maison. La grand-mère s'affairait derrière le samovar en poussant de gros soupirs ; le soir, Nina Ivanovna parlait de sa philosophie. Comme par le passé, elle vivait ici dans la situation d'un pique-assiette, devant quémander chaque sou à sa belle-mère. Les mouches abondaient partout ; et les plafonds semblaient toujours plus bas.

De crainte de rencontrer le prêtre ou André

Andréitch, Baboulia et Nina Ivanovna ne sortaient jamais plus en ville. Nadia se promenait dans le jardin et dans la rue, regardant les maisons, les palissades grises, et il lui semblait que tout ici avait vieilli depuis longtemps, que tout attendait de mourir ou peut-être de revivre une existence jeune et fraîche. Oh ! si elle pouvait seulement arriver vite, cette vie nouvelle et claire ! Que l'on pût regarder son sort en face, droit dans les yeux, sans aucune crainte, que l'on pût se sentir sûre de soi, gaie et libre ! Tôt ou tard, cette vie arriverait ! Il y aurait un temps où il ne resterait plus trace de la maison de grand-mère, de cette maison où tout était organisé de telle sorte que les domestiques ne pouvaient disposer pour dormir que d'une seule pièce à eux quatre, dans la crasse du sous-sol. Elle serait oubliée, cette maison, personne n'en garderait le souvenir.

Seuls, les gamins de la cour voisine amusaient Nadia ; quand elle se promenait dans le jardin, ils tapaient contre la palissade et la taquinaient en riant :

— La fiancée ! La fiancée !

Une lettre de Sacha arriva de Saratov. De son écriture gaie et dansante, il racontait que le voyage sur la Volga avait pleinement réussi, mais qu'à Saratov il s'était trouvé un peu indisposé, qu'il avait perdu la voix, et que depuis quinze jours déjà il était à l'hôpital. Nadia comprit la signification de cette lettre, et un pressentiment, proche de la certitude, l'envahit. Cependant, cette crainte et la pensée de Sacha ne l'émouvaient plus autant que jadis, et elle en éprouvait du désagrément. Elle était passionnément avide de vivre, impatiente de retourner à Pétersbourg — et l'amitié de Sacha appartenait à un passé très cher, mais déjà tellement lointain !

Elle passa la nuit sans sommeil et resta toute la matinée à sa fenêtre en prêtant l'oreille aux bruits. Bientôt, en effet, des voix résonnèrent en bas ; la grand-mère, inquiète, posait des questions rapides. Puis quelqu'un se mit à pleurer... Lorsque Nadia descendit, sa grand-mère, debout dans un coin, récitait des prières ; son visage était baigné de larmes. Un télégramme était posé sur la table.

Nadia arpenta longuement la pièce en écoutant pleurer sa grand-mère. Puis elle prit la dépêche, la lut. Elle annonçait que la veille, à Saratov, Alexandre Timoféitch, ou plus simplement Sacha, était mort de tuberculose.

Baboulia et Nina Ivanovna allèrent commander une messe des morts à l'église. Longtemps encore, Nadia marcha seule à travers les pièces en réfléchissant. Elle se rendait compte que sa vie était désormais « retournée », comme l'avait souhaité Sacha, qu'ici elle n'était plus qu'une étrangère, seule et inutile. A elle aussi, tout ici paraissait sans raison, le passé s'était détaché d'elle, il avait disparu comme consumé par les flammes, et ses cendres avaient été dispersées par le vent.

Elle pénétra dans la chambre de Sacha, y demeura un instant immobile. « Adieu, cher Sacha », pensa-t-elle. Une vie nouvelle, large et spacieuse, s'étendait devant elle ; encore confuse, pleine de mystère, cette vie l'attirait et l'entraînait.

Elle monta dans sa chambre pour faire ses valises ; et le lendemain matin, après avoir pris congé des siens, gaie et pleine d'entrain, elle quitta la ville — pour toujours, à ce qu'elle croyait.

1903.

NOTES

UNE RENCONTRE

1. « Vierge de Kazan » (*Kazanskaja božija mat'*) : une des plus célèbres icônes russes, découverte près de Kazan en 1579. On lui prêtait des vertus miraculeuses.

Koursk est une ville importante, à 500 kilomètres au sud de Moscou en direction de Kharkov.

2. « Orthodoxe » (*pravoslavnyj*), « homme de la vraie foi » : les Russes traditionnels se reconnaissaient comme tels davantage par leur appartenance à l'Église grecque orthodoxe que par leur ethnie ou leur nationalité.

3. Verste : 1067 mètres.

4. La foire de Nijni-Novgorod, à 400 kilomètres à l'est de Moscou, était la plus importante de Russie, promue en particulier à un statut international par les derniers tsars.

5. La Saint-Élie : le 20 juillet/1er août. 2 août, à partir de 1900 : il y avait douze jours de retard du calendrier julien sur le calendrier grégorien occidental au xixᵉ siècle, treize au xxᵉ siècle.

6. Le *mir*, qui correspondait à l'origine à l'ancienne paroisse, était la commune russe, ou *obščina*, qui possédait en commun les terres, rachetées aux nobles en 1861 lors de l'abolition du servage, et redistribuées périodiquement aux familles paysannes au prorata du nombre de leurs membres. Le *mir* fut en pratique aboli par les lois de Stolypine seulement en 1906 et 1910.

Les chefs de famille paysans étaient collectivement responsables du paiement de l'impôt et des indemnités de rachat des terres, qu'ils remboursaient à l'État.

7. Dans un coin de l'isba étaient exposées des icônes devant lesquelles brûlait une veilleuse. C'était le « coin rouge » (*krasnyj ugol*), le lieu sacré de la demeure, là où il était particulièrement impie de voler ce qui y était déposé.

8. Le tribunal rural (*volostnyj sud*) jugeait les paysans selon un droit particulier. Il pouvait prononcer des peines de fouet, que les paysans, en règle générale, préféraient à la prison ou aux amendes, considérées par eux comme de véritables catastrophes. Le *mir*, de son côté, pouvait det. .ander par son assemblée (*mirskaja sxodka*) la

déportation en Sibérie de ses membres indignes ou des éléments indésirables.

9. Le staroste (*starosta*) était le représentant, élu par les paysans du *mir*, pour servir d'intermédiaire entre eux et le propriétaire, puis, après 1861, les autorités. En général, c'était un paysan influent et riche, peu aimé.

LES FEUX

1. Sagène : unité de mesure, valant 2,13 mètres.

2. « Mikhaïlo Mikhaïlovitch » : la désinence en -o ajoutée au prénom russe Mixail (Michel) indique une ukraïnisation plaisante, un peu vulgaire.

3. Amalécites, Philistins : noms de peuples habitant la terre de Chanaan contre lesquels les Hébreux eurent à mener de durs combats. Ces peuples furent exterminés au XIe siècle av. J.-C. par les souverains juifs Saül et David.

4. Les Écoles de Cadets (*Kadeckie korpusy*) étaient des établissements d'enseignement militaire où toute la scolarité secondaire se faisait en vue d'une carrière d'officier.

5. Il s'agit de la guerre russo-turque (1877-1878), la dernière guerre victorieuse de la Russie avant 1941-1945.

6. Tchoukhloma, Kachira : la première, à 500 kilomètres au nord-est de Moscou, la seconde à 110 kilomètres au sud-est de Moscou, trous perdus, villes typiques de la province russe.

7. Sobakiévitch est un personnage des *Âmes mortes* de Gogol (1842), caractérisé par son imposant appétit, sa lourdeur massive et sa dureté : un bahut de bois, une grosse valise sans poignée.

8. Citation des premiers vers du *Cavalier de bronze* (1833) de Pouchkine. Le poète évoque ici Pierre le Grand contemplant les bords de la Baltique, où il songe à fonder Saint-Pétersbourg.

9. Le rivage de la mer Noire, depuis Odessa jusqu'à la mer d'Azov, était, depuis la plus haute Antiquité, peuplé de nombreux Grecs, commerçants, marins, hommes d'affaires. Tous ces Grecs ont été déportés par Staline au lendemain de la Seconde Guerre mondiale.

10. « Blutgeld » : l'argent du sang, de l'honneur, celui que l'on donne à une prostituée.

11. Citation des premiers vers de *Rouslan et Lioudmila* de Pouchkine (1820).

12. « Kissotchka » : surnom affectueux qu'on donne à un chaton, « minet, minette ».

13. Datcha : maison de campagne.

14. Tcherkesses ou Circassiens : montagnards musulmans, renommés pour leur bravoure et leur prodigieuse habileté à cheval (*džigity*) ; vêtus de la célèbre tunique noire, cintrée à la taille avec cartouchière sur la poitrine, poignard à la garde et à l'étui d'argent ouvragé, haut bonnet en mérinos. Figurants indispensables du romantisme sur le Caucase, depuis les poètes M. Lermontov,

A.S. Pouchkine, et les romanciers A.A. Bestoujev-Marlinski et L.N. Tolstoï.

15. Les trains démarraient au troisième coup de cloche.

16. Vaste cape en feutre, aux épaules énormes, montée parfois sur une armature, des bergers du Caucase.

CHEZ DES AMIS

1. « Micha », diminutif familier, ici infantilisant, de Mixail, Michel.

2. « L'Ermitage », « Le Bazar Slave » (*Slavjanskij Bazar*), étaient des restaurants renommés de Moscou. Les jeunes nobles, et en général la jeunesse dorée, aimaient fréquenter les Tziganes dont les chanteuses et danseuses étaient l'ornement obligé de leurs parties. La Jivoderka (« La où on écorche vif »), quartier des corroyeurs, et la rue Malaïa Bronnaïa, comme la place Troubnaïa, étaient les quartiers mal famés de Moscou.

3. *Le Chemin de fer*, poème populiste du grand poète N.A. Nékrassov, datant de 1864.

4. Citation d'une fable d'I. Krylov (1769-1844), le La Fontaine russe, « L'ours et le paysan ». Ces vers sont répétés à plusieurs reprises, dans *Les Trois Sœurs* (1901), par Soliony, celui qui va exécuter en duel Touzenbach, l'amoureux d'Irina. Ils ont une connotation sinistre chez Tchékhov.

5. Le servage (*krepostnoe pravo*), aboli seulement en 1861, maintenait les paysans attachés à leurs seigneurs, qui pouvaient les acheter et les revendre, avec ou sans la terre et, jusqu'au début du XIXe siècle, en séparant les familles. Soumis au propriétaire terrien, forcément noble, le *pomeščik*, ils lui devaient la corvée (*barščina*) ou la redevance (*obrok*). Celui-ci pouvait faire administrer le fouet à ses paysans, les faire expédier en Sibérie et les désigner comme recrues pour un service militaire qui durait vingt-cinq ans. Ce système, qui nous apparaît comme inhumain, est un archaïsme qui a perduré jusqu'au milieu du XIXe siècle, et marque le comble de la mobilisation du peuple par l'État pour la construction de l'Empire russe.

LA FIANCÉE

1. « Borchtch » (*boršč*) : potage ukrainien aux betteraves, sans crème (maigre), avec crème (gras), auquel on peut ajouter de la viande, du gruau, etc.

2. Boire le thé « à la marchande » ou « à la façon de Moscou », ville des marchands (*kupcy*), consistait à prendre un morceau de sucre dans la bouche, à verser le thé de la tasse dans la soucoupe et à filtrer la boisson entre les dents. Les nobles buvaient le thé à l'occidentale, dans des tasses. Ces manières de Sacha montrent qu'il n'appartient pas au même milieu que les Choumine. C'est un déclassé.

3. La Saint-Pierre : le 29 juin/11 juillet (12 juillet, à partir de 1900, voir la note 5, p. 173).

4. Chichmatchevski : peintre russe inventé, figure du kitsch petit-bourgeois russe en matière de peinture, fournisseur de toiles décoratives néo-classiques d'appartement.

5. Bureau du zemstvo (*zemskaja uprava*) : les zemstvos, sortes de conseils généraux créés en 1864 pour s'occuper, du niveau du canton (*uezd*) à celui de la province (*gubernija*), de l'équipement, de l'enseignement, de l'hygiène et de la médecine, élus à des degrés divers parmi les paysans, les marchands et les nobles, lesquels, majoritairement libéraux, dominaient les zemstvos, étaient administrés, entre leurs sessions, par un bureau permanent.

6. Le *domovoj* était, dans la croyance populaire, le génie de la maison (*dom*).

7. S'inscrire dans la cosaquerie (*zapisat'sja v kazačestve*) signifiait adopter le statut autonome libre des Cosaques des marches de l'expansion russe, issus des fuyards du servage central. Les Cosaques avaient leurs terres, vivaient en villages nommés *stanicy*, dirigés par un conseil des anciens. Ils devaient, à l'appel du Tsar, se présenter avec leur cheval et leurs armes. Leur extraordinaire habileté à cheval, leur bravoure folle, leur panache ont fait leur légende européenne.

S'inscrire dans la cosaquerie renvoie ici, selon V. Kataev (1979, s. 301-302), à *Taras Boul'ba* de Gogol (1835), roman dans lequel les deux fils de Tarass Boulba rompent résolument avec leur famille pour rejoindre les Cosaques au nom de raisons supérieures, ici le patriotisme.

8. Le *kumyss* était une boisson fermentée préparée avec du lait de jument, réputée excellente pour la santé. Ainsi, le comte Léon Tolstoï emmena toute sa nombreuse famille, en 1871, faire une cure de *kumyss* dans la steppe de Bachkirie.

BIBLIOGRAPHIE

ČEXOV, A.P, *Polnoe sobranie sočinenij v 30-ti tomax. Sočine-nija v 18-ti tomax. Pis'ma v 12-ti tomax.* Moskva, 1974-1983. *PSS-30.*

TCHÉKHOV, A.P., *Œuvres complètes,* traduites par Denis Roche, Paris, Plon, 1942-1956, 21 volumes.

TCHÉKHOV, A.P., *Correspondance (1877-1904),* Paris, Éditeurs Français Réunis, 1961.

TCHÉKHOV, Anton, *Œuvres,* Paris, Gallimard, Bibliothèque de la Pléiade, éd. par Claude Frioux, 3 vol., 1967-1971.

TCHÉKHOV, Anton, *Le Violon de Rotschild* [sic] *et autres nouvelles,* Alinéa, éd. G. Conio, trad. A. Markowicz, 1986.

GITOVIČ, N.I., *Letopis' žizni i tvorčestva A.P. Čexova,* Moskva, 1955.

BALUXATYJ, S.D., « Ot *Trex sester* k *Višnevomu sadu* », *Literatura,* 1931, n° 1.

EŽOV, I.S., « Kommentarii k rasskazu *Nevesta* », *PSS i pisem v 20-ti tomax,* t. 9, Moskva, 1949, s. 617-629.

Europe, « Tchékhov », n° spécial, août-septembre 1954.

BUNIN, I., *O Čexove,* New York, 1955.

WINNER, T.G., « Chekhov's *Sea Gull* and Shakespeare's *Hamlet* : A Study of a Dramatic Device », *American Slavic and East European Review,* XV, Febr. 1956, p. 103-111.

ZUNDELOVIČ, Ja. O., « *Nevesta* », *Trudy Uzbeksk. gos. un-ta, novaja serija,* 1957, vyp. 72.

EEKMAN, Th., ed., *Anton Chekhov, 1860-1960. Some Essays,* Leyden, 1960.

IVASK, G. « Čehov and the Russian Clergy », in : EEKMAN 1960, p. 83-92.

MATLAW, R., « Čechov and the Novel », in : EEKMAN 1960, p. 148-158.

LAFITTE, S., *Tchékhov par lui-même*, Paris, Seuil, « Écrivains de toujours », 1961 (1ʳᵉ éd., 1955).

EHRENBOURG, Z., *A la rencontre de Tchékhov*, Paris, John Didier, 1962 (1ʳᵉ éd., *Perečityvaja Čexova*, Moskva, 1960).

MARSHALL, R.G., « Chekhov and Russian Orthodox Clergy » ; *Slavic and East European Journal*, 1963, VII, 4.

GAJDUK, V.K., « K tvorčeskoj istorii rasskaza A.P. Čexova *U znakomyx* », *Sbornik aspirantskix rabot*, Irkutskij gos. in-t, 1964, s. 193-209.

CHESTOV, Lev, *L'Homme pris au piège ; Pouchkine, Tolstoï, Tchékhov*, Paris, UGE, 1966.

WINNER, T., *Chekhov and His Prose*, New York, 1966.

ČUKOVSKIJ, K., *O Čexove*, Moskva, 1967.

JACKSON, R.L., ed., *Chekhov : A Collection of Critical Essays*, Englewood Cliffs, Prentice Hall Inc., 1967.

SIMMONS, E.J., *Tchékhov*, Paris, Robert Laffont, 1968.

KATAEV, V.B., « Geroi i idei u Čexova v 1890-yx godax », *Vestnik Moskovskogo Universiteta*, 10, 1968, 23, 6, s. 35-47.

RUKALSKI, Z., « Maupassant and Chekhov : Similarities », *Revue canadienne des slavistes*, 1969, 2, 3, p. 346-358.

KRAMER, K.D., *The Chameleon and the Dream : The Image of Reality in Čexov's Stories*, The Hague, Mouton, 1970.

LAFITTE, S., *Tchékhov*, Paris, Hachette, 1971.

RUKALSKI, Z., « Maupassant and Chekhov : Differences », *Canadian Slavonic Papers*, 1971, 13, 4, p. 374-402.

LINKOV, V.U., « Značenie povesti *Ogni* dlja évoljucii povest-vavatel'nyx priemov Čexova », *Vestnik Moskovskogo Universiteta. Filologičeskaja serija*, 1971, 10, 2, s. 16-24.

ČUDAKOV, A.P., *Poétika Čexova*, Moskva, 1971.

TCHEBOTARIOV, B.V., « Christian Elements in Chekhov's Fiction », in : *The Heritage of the Early Church. Essays in Honor of Vas. Florovsky*, Roma, Pont. Institutum Studiorum Orientalium, 1973, p. 375-391.

MAXWELL, D., « Čechov's *Nevesta* : A structural approach to the role of setting », *Russian Literature*, n° 6, 1974.

PAPERNYJ, Z., *Zapisnye knižki Čexova*, Moskva, 1976.

HINGLEY, R., *A New Life of Chekhov*, London, 1976 (1st ed., 1950).

ESIN, B.I., *Čexov-žurnalist*, Moskva, 1977.

Rev, M., « Čechov and Maupassant. La nouveauté de la vision du monde et de la structure de la nouvelle russe et française au tournant du siècle », *Studia slavica Academiae Scientiarum hungaricae*, 1977, 23, 1-2, p. 137-149.

Debreczeny, P. ; Eekman, T., *Chekhov's Art of Writing. A Collection of Critical Essays*, Columbia, Ohio, Slavica Publishers, 1977.

Opul'skaja, L.D. ; Čudakov, A.P., « Kommentarii k rasskazu *Nevesta* ». Čexov, A.P., *PSS-30*, t. 10, Moskva, 1978, s. 462-475.

Kataev, V.B., *Proza Čexova, problemy interpretacij*, Moskva, 1979.

Proyart, J. de, « Aux sources du lyrisme tchékhovien : pseudo-romantisme, anti-romantisme et romantisme dans le traitement de la nature (1880-1883) », in : *Études sur le romantisme russe, Canadian American Slavic Studies*, 1980, 14, 2, p. 149-196.

Silex, « Tchékhov », n° spécial, 16, Grenoble, 1980.

Linkov, V. Ja., *Xudožestvennyj mir prozy A.P. Čexova*, Moskva, 1982.

Hristic, J., *Le Théâtre de Tchékhov*, Lausanne, L'Age d'Homme, 1982.

Maljugin, *Čexov : povest'-xronika*, Moskva, 1983.

Troyat, H., *Tchékhov*, Paris, Flammarion, 1984.

Théâtre en Europe, n° 2, avril 1984, « Tchékhov », pp. 25-96.

Kataev, V.B., *Sputniki Čexova*, Moskva, 1985.

Suxix, I., *Problemy poétiki Čexova*, Leningrad, 1987.

Kataev, *Literaturnye svjazy Čexova*, Moskva, 1989.

Goyet, F., *La Nouvelle au tournant du siècle en France, Italie, Russie et pays anglo-saxons*, Paris-Sorbonne, thèse, 1989.

Goyet, F., « Présentation du livre russe de V.B. Kataev : *La Prose de Tchékhov* », *Littératures*, 25, automne 1991, pp. 137-147. 1991a.

Goyet, F., « Le tournant de la nouvelle », *Bulletin de liaison et d'information de la SFLGC*, n° 11, 1991, pp. 11-28. 1991b.

Troubetzkoy, W., « Le violon de Tchékhov », *Littératures*, 25, automne 1991, pp. 117-135.

Tchekhoviana — Tchékhov et la France, Paris et Moscou, édité sous la direction de J. Bonamour, V. Kataev, T. Kniazevskaïa, V. Lakchine, Bibliothèque russe de l'Institut d'Études Slaves et Académie des Sciences de l'URSS, 1992.

Magazine littéraire, « Dossier Tchékhov », n° 299, mai 1992.
GRENIER, R., *Regardez la neige qui tombe. Impressions de Tchékhov*, Paris, Gallimard, 1992.
GOYET, F. *La Nouvelle*, Paris, PUF, « Écriture », 1993.

CHRONOLOGIE

1860 (*17-29 janvier*) : Naissance d'Anton Pavlovitch Tchékhov à Taganrog, petite ville commerçante au bord de la mer d'Azov. Le père, ancien paysan serf, tient une épicerie-bazar. Anton est le troisième de cinq enfants. La ville est cosmopolite et crasseuse, le milieu familial besogneux et dévot.

1866-1879 : Anton fait ses études onze ans au Lycée de Taganrog. Mais il doit souvent, avec ses frères, tenir l'épicerie paternelle, et chanter dans le chœur de l'église. En 1876, le père, ruiné, doit fuir Taganrog. Il part pour Moscou, avec sa famille, Anton restant terminer, dans des conditions difficiles, ses études secondaires.

« Lorsque mes deux frères et moi nous chantions des trios au milieu de l'église, tous nous regardaient avec attendrissement et enviaient nos parents et nous nous sentions des petits bagnards » (1890).

1879 : Boursier de la ville de Taganrog, Anton rejoint sa famille à Moscou et entreprend des études de médecine. Il se met à publier, à partir de 1880, des récits humoristiques pour payer ses études et venir en aide à ses parents.

« Nos parents sont les seules personnes au monde pour lesquelles jamais je ne ménagerai rien [...] A lui seul l'amour sans limite qu'ils portent à leurs enfants les place au-dessus de tout éloge et voile tous leurs défauts que peut provoquer une vie ingrate » (1877).

1884 : Anton achève ses études de médecine. Il exerce un temps dans deux petites villes des environs de Moscou, Zvénigorod et Voskressensk. Premier recueil de récits publié : *Les Contes de Melpomène*.

1885 : Premières atteintes de la tuberculose. Fait la connaissance à Saint-Pétersbourg d'A.S. Souvorine, directeur de la revue de droite *Novoe vremja/ Temps nouveaux*.
L'Affaire Dreyfus, en France, brouillera les deux amis en 1898. Tchékhov collabore à *Temps nouveaux* à partir de 1886. Deuxième recueil de nouvelles.

1886 (*25 mars-6 avril*) : Anton Tchékhov reçoit une lettre très élogieuse du célèbre romancier D.V. Grigorovitch, lui enjoignant de se consacrer désormais à la grande littérature.

1887 : Encore deux recueils de nouvelles.
Novembre : Première représentation d'*Ivanov* à Moscou. Succès médiocre.

1888 (*mars*) : Parution de *La Steppe*. Grand succès. Reçoit de l'Académie le Prix Pouchkine.

« Je ne suis ni un libéral, ni un conservateur, ni un partisan du progrès modéré, ni un moine, ni un indifférentiste. Je voudrais être un artiste libre et c'est tout [...] Mon saint des saints c'est le corps humain, la santé, l'esprit, le talent, l'amour et la liberté la plus absolue, être affranchi de la brutalité et des mensonges [...]. »
« Ce que les écrivains nobles prenaient gratuitement à la nature, les écrivains roturiers l'achètent au prix de leur jeunesse [...] montrez comment ce jeune homme extrait de lui goutte à goutte l'esclave, comment un beau matin, en se réveillant, il sent que dans ses veines coule non plus du sang d'esclave, mais un vrai sang d'homme. »

1890 : Voyage au bagne de Sakhaline par la Sibérie. Retour par mer.

1891 : En Italie et en France avec Souvorine.

1892 : Achète un domaine à Mélikhovo, au sud de Moscou.

« La morale tolstoïenne a cessé de me toucher et du fond de l'âme je lui suis hostile [...] Dans mes veines coule du sang de moujik et ce n'est pas avec des vertus de moujik qu'on peut m'étonner. Depuis l'enfance, je crois au progrès et je ne peux pas ne pas y croire, car la différence entre l'époque où l'on me battait et celle où l'on a cessé de me battre a été terrible [...]. »

1894 : Deuxième voyage avec Souvorine en Italie et en France.

1896 : En Crimée et au Caucase.
Échec de *La Mouette* à Saint-Pétersbourg.

1897 : Fondation, à Moscou, du Théâtre d'Art, par Constantin Alexéiev-Stanislavski et Vladimir Némirovitch-Dantchenko.
Tchékhov en Europe. Séjour à Nice et à Biarritz.

1898 : Mort du père de Tchékhov. Triomphe de *La Mouette* au Théâtre d'Art, à Moscou. Tchékhov fait la connaissance d'Olga Knipper, actrice du Théâtre d'Art, sa future femme.

1899 : Tchékhov vend « Mélikhovo » et se fait construire une villa à Yalta, en Crimée.

1900 : Élu à l'Académie russe. Voyage en Europe : Autriche, Italie, Nice où il passe l'hiver.

1901 (*31 janvier-12 février*) : création des *Trois Sœurs* au Théâtre d'Art, à Moscou.

25 mai-7 juin : épouse Olga Knipper.

1902 : Tchékhov démissionne de l'Académie pour protester contre l'exclusion de Gorki pour des raisons politiques.

1903 (*décembre*) : *La Fiancée*, sa dernière nouvelle.

Léon Tolstoï déclare à B.A. Lazarevski :

« Tchékhov, c'est Pouchkine en prose. »

1904 (*17-30 janvier*) : triomphe de *La Cerisaie* au Théâtre d'Art, à Moscou, en présence de Tchékhov.

Mai : part pour l'Allemagne avec sa femme.

2-15 juillet : meurt à Badenweiler, dans la Forêt noire, en disant : « Ich sterbe ».

9-22 juillet : sa dépouille arrive à Moscou avec les huîtres fraîches ; il est enterré dans le si beau cimetière de Novo-Diévitchi.

TABLE

DERNIÈRES PARUTIONS

GF-CORPUS

L'Illusion (3035)
La Justice (3050)

La Société (3041)
La Violence (3042)

GF-DOSSIER

BEAUMARCHAIS
Le Mariage de Figaro (977)

CHATEAUBRIAND
Mémoires d'outre-tombe, livres I à V (906)

CORNEILLE
L'Illusion comique (951)
Trois Discours sur le poème
dramatique (1025)

DIDEROT
Jacques le fataliste (904)

ESCHYLE
L'Orestie (1125)
Les Perses (1127)

FLAUBERT
Bouvard et Pécuchet (1063)

FONTENELLE
Entretiens sur la pluralité des mondes (1024)

GOGOL
Nouvelles de Pétersbourg (1018)

HOMÈRE
Iliade (1124)

HUGO
Les Châtiments (1017)
Hernani (968)
Ruy Blas (908)

JAMES
Le Tour d'écrou (bilingue) (1034)

LESAGE
Turcaret (982)

MARIVAUX
La Double Inconstance (952)
Les Fausses Confidences (1065)
L'Île des esclaves (1064)
Le Jeu de l'amour et du hasard (976)

MAUPASSANT
Bel-Ami (1071)

MOLIÈRE
Dom Juan (903)
Le Misanthrope (981)
Tartuffe (995)

MONTAIGNE
Sans commencement et sans fin. Extraits des
Essais (980)

MUSSET
Les Caprices de Marianne (971)
Lorenzaccio (1026)
On ne badine pas avec l'amour (907)

LE MYTHE DE TRISTAN ET ISEUT (1133)

PLAUTE
Amphitryon (bilingue) (1015)

RACINE
Bérénice (902)
Iphigénie (1022)
Phèdre (1027)
Les Plaideurs (999)

ROTROU
Le Véritable Saint Genest (1052)

ROUSSEAU
Les Rêveries du promeneur solitaire
(905)

SÉNÈQUE
Médée (992)

SHAKESPEARE
Henry V (bilingue) (1120)

SOPHOCLE
Antigone (1023)

STENDHAL
La Chartreuse de Parme (1119)

ZOLA
L'Assommoir (1085)
Au Bonheur des Dames (1086)
Germinal (1072)
Nana (1106)

GF Flammarion

06/08/123809-VIII-2006 – Impr. MAURY Eurolivres, 45300 Manchecourt.
N° d'édition LO1EHPNFG0710A004. – novembre 1993. – Printed in France.

Efim
Konyryg
Maler

Anander
Von Stenberg
Argafon
Quarantaine
Kusotchka

Mucha (Bologne)
Tatine
Kougminfa
Yoris
Serguei Serguitch
Nadejda

Nakies
Nines
Boris Krÿhé
Andre Andreitch
Marfa (Bolonka)
Sascha